三途の川で落しもの

西條奈加

幻冬舎文庫

三途の川で落しもの　目次

プロローグ

最初は、夢かと思った。

白い部屋、白いパイプベッド。薄緑色の病院着を着せられて、頭には包帯、口には酸素マスク。仰向けに寝かされた自分を、真上から見ている。

——何だ、これ。

ベッドの左側では、医者と看護師がてきぱきと動き、反対側には家族三人が張りついている。まるで病院もののテレビドラマだ。

天井に背中を張りつかせた格好で、叶人《かなと》はそのようすを上から見ていた。

夢ではないとわかったのは、はっきりと声がきこえたからだ。

「叶人、叶人、目をあけて、叶人！」

ひどく怒っているような、悲鳴のような、それまできいたことのない母親の声だった。

「お兄ちゃん、お兄ちゃん！」

日頃から泣き虫の弟の颯太《そうた》が、いつにも増して泣きじゃくり、

「叶人、しっかりしろ、叶人！」

父親のこんな必死の形相を見たのも、初めてだった。

——そっか、おれ、死んだんだ。

意識したとたん、ふっとからだが軽くなった。頭に清涼剤でも詰め込んだみたいにすっきりして、よく似た涼風がどこからか吹いてくる。弱い風に煽《あお》られた薄い紙のように、魂だけになったからだがふわりと流れた。

それを懸命に繋《つな》ぎ止めるように、母親が叶人の右手を握りしめた。

「叶人、お願い！　母さんのところに戻ってきて！」

ごく小さなカッターで傷をつけられたような、胸の中に一瞬、痛みが走った。

これまでさんざん感じてきた痛みとは、別のものだ。けれどそれが何なのか、叶人はあえて考えることをしなかった。本当に傷つくときは、痛みなんて意識する間もない。いきなり腹を蹴られて、息が詰まってうずくまるようなものだ。痛いのではなく、ただ苦しい。

でも、もう何も考えなくていい。

——おれ、行くよ。さよなら、父さん、母さん、颯太。

自分にすがる家族に別れを告げて、病室のガラス窓をすり抜けた。

都道を挟むようにして、林立するマンションと住宅。その向こうに土手と河原。街並を俯《ふ》瞰《かん》して初めて、自分のいた場所が、家から駅ひとつ離れた区立病院だとわかった。

叶人が三年に上がる四月、マンションを買って、ちょうど三年半のあいだ住んでいた。

いまは九月で、まだ夏の気配は抜けず、ちょうど出勤や通学の時間帯のようだ。半袖のワイシャツ姿のサラリーマンやさわやかな夏服のOLが、駅のある同じ方角へと向かい、これに逆らうようにして地元の学校に通う小中学生の塊が垣間見える。

遠すぎてわからないが、あの中に同じ区立小の生徒もいて、同じ六年二組のクラスメートもいるかもしれない。皆はいつもと変わらぬ生活を送っているのに、自分だけが遠く隔たってしまった。けれど叶人の中では、すでに諦めがついていた。

――まあ、いいや。十二年も生きれば、十分だ。

心の中で唱えると、またさらにからだが軽くなった。

からだではなく、気持ちが軽くなったのだということに、叶人は気づいていなかった。

それでも自分の家や学校を、自然と目で探していたが、大きなショッピングセンターに阻《はば》まれて見ることはかなわない。

叶人の目に最後に映ったものは、ゆったりと流れる川と、大きな青い橋だった。

ダ・ツ・エヴァのススメ

晴れた空に吸い込まれたはずなのに、気がつくと辺りは薄暗くなっていた。

灰色のもやに包まれていて、煙くない煙の中を歩いている感じだ。

歩いている？　それもおかしい。さっきまでは、飛んでいたはずだ。

「いつから、歩いてるんだろう」

心で呟《つぶや》いたはずが声になり、自分で自分の声にびっくりした。あー、あー、とマイクのテストのように発声練習をして、「声、戻ってる」たしかに耳慣れた自分の声だと確認した。

「ここ、どこだろう」

いちいち声に出すのは、やはり不安が先に立つからだ。あたりまえだが、死後の世界なんて初体験だ。いったん立ち止まって、きょろきょろと辺りを見まわした。

「ちょっと通してもらうよ」

唯一の死角だった真後ろから声をかけられて、わっととび上がった。

ふり向くと、すごく歳《とし》をとった老婆だった。叶人の祖父母は両親どちらの側も健在で、母の方は同じ地下鉄の沿線にいるせいか、月に二度は必ず会う。その祖母よりも、ずっとずっと年寄だ。

「あのお」

これからどこへ行くのか。この先には何があるのか。ききたいことはたくさんあるのに、叶人より先に、老婆がしゃべり出した。

「自分の足で歩いたのは、まる十年ぶりでねえ。足腰が達者なだけが自慢だったのに、階段から足を滑らせた拍子に、腰をやられちまってね。八十一のときだよ」

いまは九十一ということか、とそちらの方にびっくりする。叶人の母方の祖母よりも、計算すると四半世紀も上になる。

「やっぱり自分の足で歩けるというのは、いいもんだねえ。これでも女学校時代は、かけっこではいちばんだったんだよ」

老婆の声が、しだいに遠ざかる。叶人を追い越して、ずんずん先へ行ってしまうからだ。相槌《あいづち》を打つ暇もなく、叶人は小走りで追った。それでも追いつけず、とうとう老婆の姿は、もやの中にまぎれて見えなくなってしまった。

肝心のことをききそびれた。がっかりして、また足が止まったが、よく見るとずいぶんと人が増えている。だが、ほとんどが頭の白い年寄ばかりで、おまけにそろって足が速い。ミるで自分だけが向かい風に阻まれてでもいるように、誰も彼もが叶人を置き去りにして、さっさと先へ行ってしまう。

何度か後を追ってもみたが、どうしても捕まらず、叶人はとうとう諦めてしまった。

「嫌だな……ここにとり残されたら、自縛霊とかになるのかな」

どちらかというと、死ぬことよりそっちの方が怖い。ぶるっと身震いしたときに、「大丈夫かい？」男の人の声がした。

「君みたいな子供がここにいるのを見ると、胸が痛むね」

おじさんが立っていた。おじさんといっても、叶人の父親よりもだいぶ年上だ。たぶん叶人のお祖父《じい》さんに近い。頬はこけて目はくぼみ、ひどく痩せ細っていた。病気だったのかもしれない。

「歩けるかい？　ひょっとして、足が痛いのかい？」叶人の顔を、心配そうに覗《のぞ》き込む。

「平気だよ。大丈夫」

「そうか」とおじさんはにっこりして、「じゃあ、行こうか」と歩き出した。叶人をどんどん追い越していく周囲の年寄にくらべて、ゆっくり歩いてくれているようだ。内心では道連れができてほっとしたのに、強がる癖は直らない。

「おれに合わせてくれなくてもいいよ。おじさんが遅れちゃうよ」

目上の人には敬語を使いなさい、生意気な口をきかないようにと、母親からはよく叱られていたが、たいして直そうという気もない。だが、目の前の人の好《よ》さそうなおじさんは、気を悪くしたようすもなく、叶人のことばに少し笑った。

「別に、合わせているわけじゃない。おじさんもお年寄ほどは達観していない。その分足も遅くなる」

「どういうこと？」

「大往生だと、思い残すこともないからね。それだけあの世へ楽に行ける。おじさんみたいな中途半端な年代だと、未練もそれだけ多いからね。年寄のようにすんなりとは逝けないよ」

歩くスピードは、自分でコントロールしているわけではなく、現世への未練の量によって変わってくるようだ。

「それでお年寄に、びゅんびゅん抜かれてたんだ」納得して、うなずいた。「別に、未練なんてないのにな。もう十分生きたし」

横を歩くおじさんは、何か察したようだ。一拍おいて叶人にたずねた。

「中学生かい？」

「ううん、小六」

「まだ、小学生か……未練というより、先への希望にあふれている年頃なのに」

おじさんの声が、急に湿っぽくなった。

「……おじさんは癌《がん》でね。四年頑張ったけど、駄目だった……君も、病気かい？」

「違うよ」

「そうか、事故か……かわいそうに」

他の選択肢は思いつかないんだろう。勝手に解釈されたが、黙っていた。

「疲れたかい？　もう少しで目的地に着くからね、頑張るんだよ」

「目的地って？」

「三途《さんず》の川さ」

三途の川なら、叶人も知っている。あの世とこの世、現世と冥界《めいかい》のあいだに横たわる川だ。

ただ、叶人は、肝心のことを知らなかった。

「三途の川って、日本にもあるんだ」

「外国にも、あるのかい？」

逆におじさんは、ひどくびっくりした顔をした。

「あるよ。三途の川には渡し守がいて、その舟で川を渡って冥界へ行くんだ」

「冥界といわれると、ちょっと雰囲気が違ってきこえるね。ただ、すんなり舟に乗れるわけじゃない……には気をつけないと」

おじさんの声が、急にきこえ辛《づら》くなった。いままで横にいたはずの、おじさんの背中が見える。知らぬ間に遅れていた。年寄よりは遅くても、やっぱり子供の叶人とは、歩調が合わないようだ。叶人はあわてておじさんを追って走り出す。走りながら叫んだ。

「気をつけるって、誰をー？」

おじさんがふり返り、こたえてくれた。しっかりと耳に届いたが、叶人が初めてきく単語だ。

「ダ・ツ・エヴァ？」

似たような名前の、アニメがあることは知っている。ただ、見たことはない。あれは叶人の両親の世代のアニメだ。両親はどちらもアニメなんて見ないし、叶人自身、ゲームはするけどアニメや漫画にはそれほど興味がない。

おじさんの姿はすでに、もやに侵食されてぼんやりとした影になっていた。それでも叶人に向かって懸命に声をかけてくれる。

「それと、もうひとり！　けーんーえーおー」

おじさんは一字一句をはっきりと発音してくれたが、かえってそれが仇《あだ》となり、叶人には正確に伝わらなかった。

いた。


「けんえいおう……県営王？」

今度は何故《なぜ》だか、すぐさま漢字に結びついた。

「県営王って、県知事みたいなものー？」

精一杯叫んでみたが、声は返らない。おじさんの姿はすでに、灰色のもやに呑《の》み込まれて
いた。

叶人はまた、ひとりぼっちになってしまった。心細いしその後もどんどん年寄に追い抜かれるし、快適とは言い難かったが、それでもさっきのおじさんのおかげで、右も左もわからぬ不安からは解消された。ひとまず三途の川を目指せばいいと、目的地を示されたことが何より大きかったのかもしれない。

時間の感覚がはっきりしないが、ビリを走るランナーの気分だったせいか、ずいぶんと長くかかったような気がする。もやの向こうから、水の流れる音がした。

「川……川だ！　きっと三途の川に着いたんだ！」

思わず駆け出していた。叶人は気づいていなかったが、走るごとにもやは密度を失って、
そして唐突に視界が晴れた。

そこは真っ白な河原だった。白といっても、洗いたてのシャツのような清潔感のある白で

はなく、そこだけ色を抜いたような、妙に無機質な白だった。火葬場に何度も足を運んだ年寄なら、すぐにそれが火葬した後の骨の色と同じだと気づいたろう。だが、経験のない叶人には、ただ寒々しい色に見えた。

河原が白っぽく見えるのは、空が暗いせいかもしれない。暗いといっても夜とは違う。夜の空はどこまでも濃い藍色のイメージだが、ここは驟雨《しゅうう》の前の空をさらに黒っぽく塗りつぶしたような、黒に近いチャコールグレー、灰色に黒い陰鬱《いんうつ》を混ぜたような色だ。

黒い空には月も星もなく、灯《あか》りらしいものは何もない。それでも辺りははっきりと見えた。骨色の河原の向こうに、藻をたっぷりと混ぜたような、ひどく濃い緑色に濁った川があった。水の音ははっきりきこえるくせに、見た限りではたいして流れていない。緑の泥を敷きつめたように、どろりとまどろんでいる。その川には、杭《くい》に板を載せた格好の粗末な船着場が、何本も張り出していた。

「ここは……」

「賽《さい》の河原だよ」

歯切れのいいこたえが返った。ふり向くと目の前に、金髪碧眼《へきがん》の美女が立っていた。

「へえ、悪くないじゃないか」

何が悪くないのか叶人にはさっぱりわからないが、金髪美女は両手を広げ、自分のドレスをしげしげとながめている。外人が流暢《りゅうちょう》な日本語を話すのは、やっぱり変な感じだ。

プラスチックでできていそうな人形みたいな金色の髪と、宝石のような目。青ではなく緑色だ。宝石は詳しくないけど、よく似た石の名前を知っている。

ペリドット。母親が気に入っていたネックレスについていた。

エメラルドよりももっと薄い、黄緑に近い色の瞳は、よけいに人形めいて見える。

長い金線の髪は、派手な髪飾りで後ろで無造作に束ねられ、それでも腰の辺りまで豊かに波打っている。

高い鼻梁《びりょう》と面長の顔。見事な八頭身スタイルを包んでいるのは、着物に似た派手なローブだ。光沢のある白の地に金の縁どり、首の後ろに金の扇子を立てたような飾り襟《えり》がついて、裾からは金のブーツが覗いている。

「お姉さん、誰？」

二十代後半と踏んだが、さすがに知らない人におばさんは禁句だと、叶人にもそのくらいのわきまえはある。

「ダ・ツ・エヴァさ」

「へえ、イメージ通りだ」

まるでファンタジー系のゲームに出てくるキャラクターのようだ。そこまで考えて、あれ、と気がついた。叶人がひと頃ハマっていたゲームの、悪役美女キャラによく似ている。

「ここって、三途の川じゃないの？」

「あの川がそうさ。そしておまえが立っているここが、賽の河原」

「どこにサイがいるの？」

灰色のずんぐりした動物を目で探すと、相手がけらけらと笑い出す。

「そのサイじゃないよ。神仏《かみほとけ》へのお礼参りを賽といってね、三途の河原をそう呼ぶんだ。死んだ子供が苦行を受ける場所でもあってね」

「くぎょーって、何？」

「河原の石ころで、親の供養のための塔を立てるのさ。だけどできあがる前に、鬼が壊してしまう。いつまでたっても塔はできず、苦行は続く……あれが、見えるかい？」

真っ赤なマニキュアに彩られた長く白い指が、骨色の石ころだらけの河原のひと隅を示した。だが、目を凝らしても何も見えない。叶人は首を横にふった。

「やっぱり駄目かい。最近の子供は、誰も知らないからね。頭に描けないものは、目ん玉にも映りようがない。ま、知恵のある大人に見せるための幻だから、仕方ないがね」

「ひょっとして、イメージ映像ってこと？」

「そのとおり」

と、ダ・ツ・エヴァは、足許《あしもと》の石を拾って叶人に握らせた。手の中で石の重みを確かめる。玉子くらいの石は、色が抜けていることを除けば、重さも冷たい肌ざわりも、その辺の石ころと変わらない。

「この石も、賽の河原も三途の川も、本物に似せてはあるけれど、言っちまえばすべて幻なんだ。人間てのは案外頑固でね。何もないままじゃ、この世からあの世へ逝こうとしない。だから三途の川が必要なのさ」

川は昔から、村や領地の境目だった。川を渡るという行為は、もっとも人が納得しやすいあの世への行き方なのだという。

「もっともこの景色は、言ってしまえば日本人のためのものでね」

たとえキリスト教徒でも、日本人なら三途の川は知っている。だから宗教に拘《かかわ》らず、こちらの方が魂が納得しやすいと、ダ・ツ・エヴァは結んだ。

「日本だと、死後の世界って黄泉比良坂《よもつひらさか》じゃないの？」

「妙な知恵は持っているんだねえ。そいつはイザナギやイザナミが出てくる、うんと古い神話だろ？　三途の川は、それより後に伝わった仏教がらみで広まったんだよ」

「三途の川って、外国のものだと思ってた」

「そういや西洋にもあると、きいたような気もするね……なるほど、それであたしの格好も、こうなったというわけかい」

まんざらでもなさそうに、また白と金の衣装に目を落とす。

「おまえいったい、どこでそんな知恵を……」

ダ・ツ・エヴァの問いは、ふいに響いた大きな怒鳴り声にかき消された。

声は川の方角からきこえた。川には八本の船着場が突き出ているが、そのうちの一本、右から七番目の板の上で、ふたりの男がにらみ合っていた。

「てめえがちんたら漕《こ》いでっから、いつまで経《た》っても向こう岸にたどり着けねえんだろうが！」

「何を言うか！　おまえの棹捌《さおさば》きが悪い故《ゆえ》に、舟がいっこうに前に進まんのだ！」

もし街中で見かけたら、映画かドラマのロケだと思ったはずだ。ふたりの男が、どちらも時代劇に出てきそうな格好をしていたからだ。

ただ、着ているものは若干違う。百八十センチを優に越えていそうな、ひときわ背の高い筋肉質の男は、浴衣《ゆかた》みたいな一枚きりの着物の裾をからげて、下は素足だ。もうひとりは痩せ型で背丈はやや小さい、百六十センチ台くらいか。こちらは袴《はかま》をつけていて、さらに頭にはちょん髷《まげ》を載せていた。

大きな男が摑《つか》みかかり、小さい方も負けてはいない。一緒に船着場を越えて河原に倒れ込み、あとは組んずほぐれつの取っ組みあいになった。

「また、あのふたりかい」

うんざりと言いたげな表情で、ダ・ツ・エヴァがため息をつく。

本気の喧嘩《けんか》など、叶人には初めてだ。つい息を詰めて、目を凝らす。

「わ、当たった！」

柄の大きな男の拳《こぶし》が、相手の顎《あご》にヒットして、叶人は思わず声をあげた。殴られた方は背中から倒れ込み、パンチを決めた男が上から馬乗りになる。このでかい男の方が圧倒的に有利に見えたが、倒れた方もすぐにくるりとからだを返して逃れた。相手の足を払い、逆に馬乗りになる。どうやら武道の心得があるようだ。だが、でかいヤツが力任せにこれを投げとばす。

「半月前から、そろって三途の川の渡し守になったんだがね、あのとおりとにかく馬が合わなくてね」

暇さえあれば角突き合わせていると、げんなりとした調子でダ・ツ・エヴァが語った。

「渡し守？　三途の川の渡し守って、髭《ひげ》を生やした年寄じゃないの？」

「別に爺さんとは決まってないよ。ほら、ごらんな」

ダ・ツ・エヴァが、船着場に向かって顎をしゃくる。ずらりと並んだ船着場には、他にも小舟が張りついているが、たしかにガタイの良い若い男が多く、年寄などひとりもいない。

「渡し守は、カローンて名前のケチなじいさんだと思ってた」

「妙なことを言う子だねえ。いったいどこで、そんな勘違いをしたんだい？」

「勘違いじゃないさ」

叶人の後ろで声がした。

「カローンはたしかに、三途の川の渡し守だ。ギリシャやローマの神話ではね」

「おや、けんえおう」

ダ・ツ・エヴァの声とともに叶人がふり向くと、冴えない中年男が立っていた。

グレーの作業着に地味なズボン。小太りで、頭も顔もつるりとしている。ひどく度の強い黒縁眼鏡の奥に、小さな目がしばしばしていて、唇の厚いおちょぼ口から、ふうふうとせわしない息を吐いている。

とたんに叶人の背中で、ダ・ツ・エヴァがけたけたと笑い出した。

「こいつは見事じゃないか。こんな情けない姿は、お目にかかったことがないよ」

叶人があっけにとられるほど、腹を抱えて笑いころげている。いつまでも止《や》まない笑いに、中年の男はむっつりと意見した。

「自分が若い美人にされたからって、はしゃぎすぎだ、奪衣婆《だつえば》」

「だってさ、鬼と恐れられる懸衣翁《けんえおう》が、チビ・デブ・ハゲの見事な三重苦じゃないか」

なおも笑いつづけるダ・ツ・エヴァには構わず、男が言った。

「ギリシャ神話では、三途の川をステュクス、あるいはアケロンという。タルタロス、つまり黄泉《よみ》の国へ渡るには、カローンという老いた渡し守に銀貨一枚を渡さなければならない。そうだろう？」

「うん、カローンはいつも不機嫌で意地が悪くて、銀貨がないと絶対に川を渡してくれないんだ。銀貨を渡さないと、死者は百年のあいだ川岸をさまようことになる」

「よく知っているね」

おじさんのおちょぼ口の両端が、わずかに上がった。これがこの人の笑顔のようだ。

「でも、日本にも三途の川があるって、知らなかった」

叶人が口を尖《とが》らせる。褒められても素直に喜べないのは、いつもの癖だ。

「日本の三途の川は、六世紀頃に中国から渡来した仏教経典がもとになっているとされている。ギリシャ・ローマ神話は紀元前だから、あちらが先だ。もしかしたら中国を経由して、日本にもたらされたのかもしれないね」

見かけは頼りないが、口調は淀《よど》みなく、なかなか博識のおじさんだ。ダ・ツ・エヴァの大ざっぱな説明を、細かに補足する。

「君は、帰国子女かい？」と叶人にたずねた。

「違うよ。ただ……ずっと前に……何かでちらっと見たんだ」

急に歯切れが悪くなり、わずかだが叶人の顔がこわばった。おじさんは何か感づいたのか、そこで話を切り上げて、あらためて名乗った。

「私は懸衣翁だ。君は？」

「志田《しだ》叶人。十二歳、小学六年」

「そうか、まだ小学生か」

ふむふむと短い首をうなずかせる。さっき出会ったおじさんと違って、同情めいた影はちらりとも浮かばない。

「ひとつききたいんだが、私の名を初めてきいたとき、何を想像したんだい？」

「けんえいおうって、こうかなって……」

空中に、県と営と王を指で書いた。

「だから県知事みたいなものかなって」

「なるほど……これが君の、県知事のイメージなんだね」

おじさんが情けなさそうに、はげた頭をつるりと撫《な》でて、そういえば、と叶人も思い出した。少し前にテレビのニュースで見た、どこかの県知事によく似ていた。たしか県庁職員が不祥事を起こしたとかで、寒そうな頭にもかかわらず、ずっとハンカチで額《ひたい》の汗を拭《ぬぐ》っていた。

「いいじゃないか。小汚いジジイや醜い鬼の姿より、よほどましさね」

と、ダ・ツ・エヴァが、笑い過ぎて長いまつげにたまった涙をぬぐう。

「これでも我らは閻魔《えんま》に仕える鬼なんだが、名前のとおり爺婆を連想する者も多くてね」

「名前のとおりって？」

「懸衣翁のおうは翁と書くんだ。ちなみに奪衣婆のばは、婆だがね。衣を奪う婆と書いて奪衣婆。衣を木に懸ける爺で懸衣翁だ」

「よけいな知恵を吹き込むんじゃないよ」と、すぐさま文句がとぶ。

爺さん婆さんには見えないと、不思議そうに叶人がふたりを見くらべる。

「さっき言ったろう？　ここのすべては幻だと。あたしらも同じでね、存在はしているが、実体はない。だから本当の姿形というものもないんだ」

「そうなんだ」

叶人が目を丸くする。金髪美女はまた笑い出し、後を県知事が引きとった。

「だからひとりひとりのイメージで、姿形は異なる。君はどうやら、奪衣婆と懸衣翁が何かを知らず、音だけで像を作り上げてしまったようだね」

「だが、趣味は悪くない」

気に入っているらしいダ・ツ・エヴァは、相方に見せびらかすように、着物に似たガウンのような衣装の長い両袖を広げる。

「まあ、いいさ。一度形ができあがってしまうと、修正のしようがないからね」

別に不機嫌なようすも見せずあっさりと言って、県営王はタブレット型のパソコンをとり出した。Ａ４ノートくらいの大きさで、黒い枠の中に液晶画面が光っている。スマートフォンと同様、キーは画面の中にあるタイプだ。叶人は県営王の手許を覗き込んだが、角度のせいか画面の中身は見えない。

「それ、最新型だよね。お役所関係は、その手の導入が遅いのかと思ってた」

「君みたいに、生まれたときからパソコンがあった世代が増えたからね。おかげでこっちも楽ができる」

どうやらこのアイテムも、叶人のイメージの産物のようだ。いつのまにか県営王の右手には、黒いタッチペンが握られていた。それで画面をとんとんとたたく。慣れた手つきだ。

「油を売っている間に、死人が溜まってしまった。奪衣婆、そろそろ仕事に戻れ。死者の初七日が過ぎてしまうぞ」

「うるさいね、わかってるよ」忌々《いまいま》しげに、ダ・ツ・エヴァがこたえる。

知らないうちにダ・ツ・エヴァの前には、死人の列ができていた。

ダ・ツ・エヴァの前に、年寄がひとり進み出た。

からからに乾涸《ひから》びたような姿で、おそらく怯《おび》えているのだろう、額の上に拝み手をしてお経らしきものを口の中で唱えている。どうやら老人の目には、ダ・ツ・エヴァは金髪美女ではなく、恐ろしい鬼婆の姿に映っているようだ。

「別にとって食やしないよ。ほら、さっさと金をお寄越しな」

少し離れたところに大きな木があって、叶人はその木の下で体育座りをしていた。

懸衣翁という名のもとになっている、死者の衣の重さを量る木だ。

天に向かってうねる竜巻みたいな、ごつごつとした黒い幹。枝には一枚の葉もついておらず、ひどく寒々しくて気味の悪い木だった。これも叶人のイメージなのだろうが、どうしてそう造ったのかはわからない。ただ、骨色の無機質な河原には、緑の葉をつけた生命力あふれる木など、似合わないと思えたからかもしれない。

「お金をとるなんて、カローンみたいだ」

傍らに立つ県営王に、叶人は声をかけた。この博識で冷静な中年男は、叶人にとってかなり話しやすい相手だった。

「たしかに、奪衣婆の役目はよく似ている」

老人から受けとったものを、両手合わせて十本以上はありそうな、キラキラした腕輪をはめた手が、ちゃりんちゃりんと数える。叶人が見たことのない硬貨で、五円玉に似ているが、五円玉より大きくて穴が四角い。全部で六枚あった。

「三途の川の渡し賃は六文《もん》。一文は、そうだな……今の通貨で換算すると、一円の千分の一くらいかな」

「安っ！　良心的な値段だな」

「冠婚葬祭なんてものは、昔の風習がそのまま残っているからね。江戸時代には、橋のない川があちこちにあって、六文が渡し船の相場とされた。その名残《なごり》だよ」

昔は実際に、お棺の中に六文銭を入れたようだが、当然、現代では流通していない。だからいまのお葬式では、模造の六文銭を使用しているという。

「じゃあ、お棺に六文銭を入れてもらえないと、どうなるの？」

自分のお葬式では、ちゃんと入れてくれただろうかと、叶人は少し心配になったのだ。

「いまは葬儀屋が手抜かりなくやってくれるから、大丈夫だよ。六文銭を持たぬ者は、奪衣婆に身ぐるみを剝《は》がされるからね」

衣を奪うとはそういう意味かと、叶人が県知事を見上げる。

「ということになってはいるが、ま、これも建前でね。たとえ葬儀屋がうっかり忘れたとしても、死者はすべて手に六文銭を握っている。そうでなければ、たとえば殺されて死体が見つからない人は、いつまでもあの世へ行けないだろう？」

「そっか」

「それでは可哀相だし、第一こちらが困る。さっさと手続きを済ませて、閻魔大王のもとへ送ることが、我々の業務だからね」

役場職員みたいな格好で言われると、あたりまえの事務仕事のようにきこえる。

「手続きって、何？」

「まあ、見ておいで。ちょうどはじまるよ」

六文を受けとったダ・ツ・エヴァが、両手を広げた。相手が胸にとび込めば、抱き締めてくれそうな格好だが、鬼婆に抱き締められたくなんてないのだろう。いっそう老人のお経に熱が籠《こ》もる。ダ・ツ・エヴァの両手から、白い煙のようなものが出て、痩せたからだを包み込んだ。煙から顔だけ出した姿で、老人はただとまどっている。

ダ・ツ・エヴァが、水平に広げていた両腕を、高く上げた。老人のからだにまとわりついていた煙が、着ていた地味なポロシャツとズボンごと、一緒に上へとすぽんと抜ける。まるで、お母さんが子供に万歳をさせてシャツを脱がすような、ちょうどそんな感じだった。

「お金を払っても、身ぐるみは剝がされるんだ」

「まあね、あの世へ渡るための、着替えと思ってもらいたいが」

煙を脱いだ老人は、裸ではなく、ちゃんと白い衣を身につけている。葬式のときの白い着物ではなく、昔の西洋の寝巻のような白くて裾の長いネグリジェに似た代物だ。誰もがすっかり洋服に慣れ、舟に乗り降りするときに裾がはだけるとの不評が多く、三十年ほど前からスタイルを変えたと、県営王が言った。

「その時代の人々が、納得するサービスを提供しないといけないからね」

やっぱり最近の、公務員みたいなことを言う。

「あれ？　何か動いてる」

叶人が気づいて指をさした。おじいさんの衣服ごと頭上にただよっていた煙は、ゆっくりと渦《うず》を巻くようにして次第に小さくなっていく。黒絵具を載せたような空が背景にあるから、そのようすが妙にはっきりと見える。綿菓子作りを逆回転で見ているみたいに、まとわりついていた煙が少しずつ剝がれ、やがてバンーボールくらいの玉になった。

「あれは、地蔵玉といってね」

「地蔵玉？」

「閻魔大王が、死者を裁くときに必要になる。地蔵は閻魔大王が変化《へんげ》したものでね」

「そうなんだ」

地蔵と閻魔なら、かなり薄ぼんやりとした知識だが、叶人にもわかる。だが、同一人物だとは知らなかった。

「そういう信仰が、人々のあいだで広まったということだ。真偽のほどはこの際どうでもよくてね」

県営王が左手にパソコンを手にしたまま、右手を軽く上げ、手の中のタッチペンをくいっと引いた。まるで見えない糸が繋がってでもいるように、老人の頭上にあった地蔵玉が動いた。短い竿《さお》でも引くみたいに、くいくいとペンを動かして、地蔵玉がちょうど叶人の頭の上を通った。玉はグレーと茶を合わせたような、複雑な色をしていた。

「おじいさんの着ていた、ポロシャツの色に似てる」と叶人が気づいた。

「そのとおり。死者が身につけているのは、ただの衣服じゃない。いわば本人の生きた証《あか》しのようなものでね。難しいことばで、『業《ごう》』というんだ」

叶人は初めてきいたが、平たくいえば、人の生前の行いのことだという。その行いの善悪を判断するために、地蔵玉は必須アイテムなのだそうだ。

「最後の審判は閻魔大王に委ねられるが、その前に死者の行状を詳《つまび》らかにするのが、我らの役目でね」

「えっと、閻魔大王を裁判官として、その前に調べにあたる刑事みたいなもの？」

「警察ほどの手間はかけないが、いいたとえだ。そう思ってくれてかまわないよ」

褒められて、ちょっと嬉《うれ》しくなった。だが、横合いから容赦のない発破がかかる。

「そこのジジイ、今度はそっちの仕事が溜まってるよ。さっさと片付けな！」

文句を言うだけあって、黒い空には十に近い数の地蔵玉が浮いていた。

「まったく、あの婆さんの口の悪さときたら」

ぼやきながらも県営王は、右手に持ったタッチペンの動きを速くした。右から左へと、人の頭くらいの玉が流れていく。地蔵玉の色はさまざまで、青っぽかったり赤に近かったり、色が薄いもの濃いもの、中にはやや光っていたり、逆にどんよりと濁っているものもある。そのすべてが、叶人の脇に立つ寒々しい木へと流れ、黒い幹の黒い枝の先に、玉は吸い寄せられていく。

「これは衣領樹《えりょうじゅ》といってね、こうやって死者の罪の重さを量るんだ」

県営王が指揮者のタクトのようにペンを動かすたびに、枝の先に地蔵玉がすぽんとはまる。

地蔵玉の重みに、枝はゆっくりとしなりはじめ、その動きが止まると、重さが自動的に、端末である県営王のパソコンに送られるようだ。

「本当だ、ひとつひとつ重さが違うね」木を見上げて、叶人が言った。「あれなんか、すごく重そう」

どんよりとした煙に包まれた地蔵玉で、いまにも折れそうなほどに枝がしなっている。

「ああ、あれはね、罪を犯しておきながら、うまく法の目をくぐり抜けた者だ。人の世で裁かれないと、その分ここでは罪が重くなる」

「現世とこっちで、バランスをとるってこと？」

そういうことだと、県営王はうなずいた。たとえば始終、人の悪口を言いふらしたり、意地悪したり、やはり法で裁けない罪も同様に、死後につけがまわるという。

「じゃあ、あれは？　他の玉とは枝の向きが逆だよ」

別の地蔵玉を指さした。重みで下にたわむはずの枝が、何故かそのひとつだけは重力に逆らうように上に向かってしなっている。

「あれは生まれつき、からだの弱い男でね。その分どこか達観していたんだろう。人を妬《ねた》むことも己を疎《うと》んじることもなく、長くはない生をまっとうした。なかなかできることじゃなくてね。特Aランクの魂といえる」

罪よりも善の行いがとび抜けて多いから、枝が上に向かってしなるという。

「特Aだと、天国に行けるの？」

「まあ、そうだ」

「天国って、どんなとこ？」

「天国っていうのはね……」

「やっぱりいい！」

こたえかけた県営王を、叶人はあわててさえぎった。おや、と向けられた顔から、叶人は目を逸《そ》らした。

「いいよ、別に……興味ないし」

「そうか」

しばし叶人を見詰めてから、県営王はぽつりと言った。衣領樹に向かって、またタッチペンをくいくいと動かす。

枝に刺さっていた地蔵玉が次々と抜けて、来た道を戻っていく。死者がそれぞれ己の地蔵玉を、大事そうに抱え込んだ。ダ・ツ・エヴァが、彼らにてきぱきと指示を出す。

「おまえは三の船着場にお行き。そっちの婆さんは、五の船着場だ」

船着場は一から九まで八本あり、四の数は死に通じるから除かれている。どうせ死んでいるのだから良さそうなものだが、げんをかつぐ人は意外と多いのだそうだ。

「初七日って、きいたことあるだろう？」

うん、と叶人はうなずいた。

「三途の川を渡るのは、人が死んできっちり七日目だ。それまでに全部済ませて死者に地蔵玉を渡さなければならない。これが案外、忙《せわ》しなくてね」

地蔵玉がないと、向こう岸へは渡れないと、県営王はおちょぼ口をさらにすぼめた。

「死ぬと時間の感覚が曖昧《あいまい》になるからね、自分ではあまり気づかないけど、この河原に来て、地蔵玉をとり出して量るだけで、ほぼ七日が過ぎている」

えっ、と叶人が短く叫んだ。

「じゃあ、おれがここへ来てから、何日も経ってるってこと？」

「なに言ってんだい。死ぬと時間が曖昧になると、そう言ったろう？　生者には当てはまらないんだよ」

すかさず返したのは、ダ・ツ・エヴァだった。仕事はひと段落したようだ。

「それって、どういう意味？」

「おまえはまだ、死んでいないじゃないか」

ダ・ツ・エヴァがこともなげに告げて、県営王も短い首をうなずかせた。

県営王がタッチペンをすばやく動かす。パソコン画面に、目的のものを見つけたようだ。

「志田叶人。十二歳。二〇一二年九月七日、学校近くの青江橋《あおえばし》から落ちて、十五メートル下の吉井川《よしいがわ》に転落。現在、江南区立病院にて意識不明の重体」

このパソコンは、死者はもちろん、生者の情報もかなり詳しく検索できるという。県営王が叶人の現在の状況を読みあげると、ダ・ツ・エヴァが肩をすくめた。

「ま、そういうわけさ。死に損ないがこの辺りまで迷い込んでくることは、ままあることでね。わかったら、とっととお帰り」

「……帰り道、わからない」

「生きているあいだはね、からだと魂はふたつでひとつだ。出会いたいと念じれば、自《おの》ずとたどり着けるよ」

「たぶん、もう助からないと思うし……ここにいさせてよ」

「あまり長くいると、魂がからだに戻らなくなるかもしれないんだよ」

「それでもいいよ。別に思い残すこともないし」

ダ・ツ・エヴァの細い上がり気味の眉《まゆ》の先が、さらに訝《いぶか》しげに上げられた。

だが、叶人の件が落着する前に、次の悶着《もんちゃく》がもち込まれる。

「おいっ、クソババア！　このいけ好かねえ男を、いますぐ地獄にたたき落とせ！　こいつと組むのは、金輪際我慢がならねえ！」

「それはこちらの台詞《せりふ》だ。婆殿、おれもこんな狂い犬のような男とは、これ以上やっていけぬ」

さっき船着場でやり合っていた、ふたりの渡し守だった。あらためて間近で見ると、やっぱりどちらも、時代劇に出てきそうな風体だ。水戸黄門さえ見たことのない叶人でも、そのくらいはわかる。

「またおまえたちかい、いい加減にしとくれよ。死人運びが、ちっともはかどらないじゃないか」

「うっせー、クソババア！　その鶏ガラみてえな首根っこふん掴《づか》まえて締め殺すぞ！」

ダ・ツ・エヴァに向かって最前からクソババアを連呼する男は、ちょん髷ではない。ぼさぼさの長髪を首の後ろで結わえている。小学六年生の平均身長とほぼ同じ、百四十五センチの叶人からすると、見上げるような大男だ。厚みの勝った筋肉に覆われたからだは、格闘技の選手みたいだ。ただ、残念ながら柄が悪い。どう見ても、やくざの下っ端をしてそうな、ちんぴらといった雰囲気だ。

「ここで殺すと脅されたって、何の効き目もありゃしない。何遍も言ったのに、頭の悪い男だねえ」と、ダ・ツ・エヴァは、まるで相手にしない。

「まったくだ。こやつの頭のめぐりは猿以下だからな」

ダ・ツ・エヴァに賛同したもうひとりの男は、ちょん髷に袴と、こちらは由緒正しい侍姿だ。相方にくらべれば断然品も良く、まともな会話も成り立ちそうだが、話しかけるには機嫌が悪過ぎるようだ。

「だいたいこの男が、何人殺したと思うておる。犬畜生にも劣る外道《げどう》ではないか」

侍が憎々しげに吐き捨てて、

「何言ってやがる！　人殺しは、お互いさまじゃねえか！」

暴力団に片足を突っ込んでいそうな男も、烈火のごとく怒り狂う。

「やめなさい、ふたりとも。子供が見ている」

見かねて県営王が割って入った。侍の方ははっとして、叶人をふり向いた。それまで目の中にあった怒りと興奮が、急速に冷えていくのが叶人にもわかる。

「これは、すまなかった。迂闊《うかつ》なところを見られてしまったな」

叶人と視線を合わせるように、屈み込む。三十くらいか、もう少し若いかもしれない。真正面から見ると、やさしげな顔立ちだ。

—もしかして、サムライなの？」と、思わずきいていた。

「さよう、前世は武士であった。因幡十蔵《いなばじゅうぞう》と申す」

「前世？」

「このふたりは、前世の姿のままなんだ。江戸末期に、輪廻《りんね》の輪から外れてね」

ちょうど百五十年くらい前のことだと、ダ・ツ・エヴァが説く。

「以来、生まれ変わることをしていない。だから格好が古くさくてね」

「てめえの方こそ、カビ臭いババアの姿のままだろうが」

ダ・ツ・エヴァにすかさず返したちんぴら風の男は、侍とは逆に、血走った目で叶人をにらみつけた。

「ガキの前だから何だってんだ。おれぁ、ガキと年寄が何よりも嫌いなんだよ。クソの役にも立たねえからな」

「この馬鹿は、虎之助《とらのすけ》。前世は見てのとおり、やくざ者の下っ端でね」

ダ・ツ・エヴァが、もうひとりの男をそっけなく紹介する。

――ほんとに、暴力団関係者だったんだ。

いつもならうっかり出そうな生意気口調が、この男の前では封じられた。

獰猛《どうもう》な獣のような目の光が、異質なものを感じさせ、思わず後退《あとじさ》りしそうになった。

「役に立たぬのは、おまえだろう」

因幡十蔵が、叶人をかばうように、虎之助とのあいだに立った。

相手が、表情を変えた。ぎゃんぎゃん吠えていたさっきの方が、まだましだったと叶人は気づいた。刃物を持たせれば、ためらいなく人を刺し殺しそうな、危うい狂気が男のからだからただよってくる。

「また、地獄に落ちたいのかい」

男を止めたのは、ダ・ツ・エヴァだった。声がそれまでとは違う、冷凍庫から出した金属のような冷たさを帯びた。まるで金縛りが解けたように、一瞬で虎之助の顔つきが変わった。

「あんな退屈なところ、二度とご免だ」

ぺっと白い地面に唾を吐き、虎之助は背を向けた。大股で、船着場へと向かう。白い石が、男の足許で乾いた音を立てる。さながら人の骨を踏みしめているかのようだ。

「ちょいとお待ち」

男の背に、ダ・ツ・エヴァが声を放った。

「地獄落ちが嫌なら、もうひとつ引き受けてもらいたいんだがね」

面倒くさそうに、虎之助が肩越しにふり返る。

「何だ」

「この子をしばらく、おまえたちに預けたい」

男の目が、また険呑《けんのん》な光を帯びて、叶人に注がれた。それだけで叶人の血の気が引いた。

ダ・ツ・エヴァは、視線を叶人に移した。

「志田叶人。おまえは現世に、戻るつもりはないんだろう？」

「そう、だけど……」

「だったら、このふたりを手伝いな」

ここを立ち去れという、脅しのつもりなのだろうか。真意を測りかね、叶人がたずねる。

「嫌がらせの、つもり？」

「いいや。これでもあたしゃ、おまえには目をかけているつもりさ」

「だったら、どうして……」

喉がからからに渇いて、後の言葉が続かない。しかし前にいた侍が、代わりに抗弁してくれる。

「あのような危ない男の傍《かたわら》に子供を置くなぞ、正気の沙汰ではない。いったいどういうつもりなのだ、婆殿」

薄緑色の瞳は、十蔵ではなく、叶人を真正面から見据えた。

「魂が帰りたくないってんなら、このままあの世に送ってもいいんだがね、おまえには肝心のことが欠けている。そうだろう、懸衣翁？」

ダ・ツ・エヴァが顔を向けると、県営王は短い首をうなずかせた。

「たしかに、いまの君からは、地蔵玉をとり出すことすらできないだろうね」

「欠けてるって、何？」

「死因だ」県営王がこたえた。

「死因って……」

まだ曲がりなりにも生きているのだから、死因がわからなくてあたりまえだ。

「溺死、じゃないのか……そうだ、心不全とか。最近、流行《はや》ってるし」

「その死因じゃない。どうして君が橋から落ちたか、我らですら判別できない」

「どういうことか、爺殿」

叶人と懸衣翁を見比べながら、因幡十蔵がたずねた。

「事故か、自殺か、他殺か。橋から落ちた理由が、どうしてもわからないんだ」

パソコン画面のライトを受けて、県営王の眼鏡が光っていた。

「川に落ちたときのことを、本当に覚えておられぬのか」

侍が、同じ何度目かの問いを発した。うん、と叶人が力なく首をふる。

「さようか……あの二鬼の命《めい》とあらば仕方ない。しばらくのあいだよしなに頼む。だが、くれぐれも、あの男には近づくなよ」

「けっ、要らぬ世話だ。こっちこそ、ガキの守りなんざご免こうむる」

身軽く舟にとび乗った虎之助が、じろりと船着場を見やる。叶人と因幡十蔵は、八番と札の立った船着場の上にいた。

「言っておくけど、おれが上司だからね、ちゃんと命令に従ってよ」

子供の世話などできるかと、どうしても承知しない虎之助に、ダ・ツ・エヴァは告げた。

「いいかい、こいつはあたしの直々の配下、つまりおまえたちにとっては上役だ。傷なぞつけたらただじゃおかないよ」

あのときの虎之助ときたら、百遍殺しても飽き足らないとでもいうように、すごい形相でダ・ツ・エヴァをにらみつけていた。

一方の叶人は、水戸黄門の印籠を手にしたごとく、たちまち調子づいた。

「ふたりともおれの部下なんだから、呼び捨てでいいよね。よろしく、虎之助」

虎之助はさっきと同じ形相を叶人に向けたが、十蔵は逆に気にしていないようすだ。

「こちらこそ、よろしくお頼み申す、叶人殿」

にこやかに挨拶されて、かえって叶人が怪訝《けげん》な顔になる。

「子供にへいこらするの、嫌じゃないの？」

「もっと幼い主君にお仕えしたこともあるからな。主を尊《たっと》ぶことこそ武家の本分でござる」

「ふうん、侍も結構大変なんだね。あ、おれも殿はいらないよ、殿さまじゃないから」

殿さまには殿でなく様をつけるのだが。そう言いたげに、侍の口許がわずかにほころんだが、ではそうしようとだけこたえた。いかにも堅苦しい印象が、少しだけやわらぐ。

「あと、面倒だから敬語もなしね」

どちらも三十前の歳格好に見えたが、因幡十蔵はまだ二十一で、虎之助はふたつ上の二十三だという。時代が下るごとに、見掛けも中身も若く幼くなる傾向にあると、県営王がそう教えてくれた。

「この舟、意外と大きいね」

「江戸ではこのような舟を、猪牙《ちょき》と呼んでいた」

「チョキって、じゃんけんの？」

「三すくみのことか？　我らの頃は、ヘビ、カエル、ナメクジであった」

どうも江戸時代は、じゃんけんも違うようだ。チョキといってもじゃんけんとは関係なく、猪《いのしし》の牙《きば》のことだと十蔵が説いた。

「たしかに、似てるかも」

笹の葉のように細長く、先が尖って反り返った形は、獣の牙に近い。遠くからながめていたときは、池のボートくらいに思えていたが、間近で見ると案外大きい。というか、長い。屋根はなく、大人五人は座れそうだが、船頭ふたりと客ひとり、本来は三人乗りの舟だという。

「おれも何かしようか、暇だし。オールがあれば漕げるのに、ついてないね」

公園のボートは、二本のオールが備わっているが、それもない。十蔵にオールを理解してもらうのに、たっぷり一分はかかった。

「おおるとは、櫂《かい》のことか。それなら舟尻についておる」

この舟は、櫂と呼ぶオールが、後尾に一本だけあった。公園のボートのオールとは形も違って、長いブーメランのように途中でくの字に曲がっているが、これを漕いで進むというから原理は同じもののようだ。この櫂を受けもつのが十蔵で、虎之助は長棹を持って舳先《へさき》に立つ。棹で川底や岸を突き、方向を変えるという。

「叶人はただ、客の隣に座っておればよいと、婆殿は申していた」

「客じゃなく、死人だろ」

意地悪く訂正したのは虎之助だ。死人の隣と言われると、あまりいい気持ちはしない。十蔵は咎《とが》めるように虎之助をにらんだが、叶人の手前か文句はつけず、代わりに別のことを口にした。

「もしかしたら婆殿は、客の気持ちを落ち着かせるために、同乗を相願うたのかもしれぬ」

「どういうこと？」

「実はな、先刻、女客をひとり乗せたのだが、川がひどく荒れてな、結局此岸《しがん》に戻されてしまった」

「だから、てめえの漕ぎっぷりが、足りねえためだと言っただろうが」

「あれはおまえが棹使いを違《たが》えたためだ。左に行くべき折に左に棹をさしたから、舳先が逆を向いたのだ」

どうやらさっきの喧嘩は、それが原因らしい。また殴り合いに発展する前に、叶人は急いで話を戻した。

「おれが乗っても、川の流れは変えようがないよ」

「いや、変わるかもしれぬ」

「まさか」

疑り深い眼差しを向けた叶人に、十蔵は真面目な顔を向けた。

「三途の川は、乗せた客によって流れも速さも変わるのだ」

信じられない話だが、嘘や冗談ではなさそうだ。乗せた死人に未練があると、ひどく波立ち流れも急になる。まだ彼岸に渡りたくないという死者の気持ちを、どうやらこの三途の川は敏感に嗅《か》ぎとるようだ。

だから総じて、長く生きた年寄りよりも、若くして死んだ者を乗せると川は荒れるという。

「おそらく婆殿の考えはこうだ。叶人のような子供が命を落としたとなれば、己も諦めがつきやすかろう。多少は川の流れも変わるやもしれん」

正確には叶人は死んではいないが、こんなところにいれば、相手はそう勘違いしてくれる。現に、さっき賽の河原に行く途中、もやの中で会ったおじさんもそうだった。あのおじさんも、死ぬには早すぎる年齢だ。病気のためか、自分の死をちゃんと受け止めていたけれど、それでも叶人を見ていかにも気の毒そうな顔をした。たぶん、あれと同じことだと叶人はそう理解した。

「あの、さ」

舟に乗る前に、もうひとつ気になることがある。叶人はそれを切り出した。

ん？　と十蔵が、顔を向ける。じっくりとながめる機会がなかったが、よく見ると、整った顔立ちだ。イケメンと呼ぶには、ちょっと華やかさに欠けるが、無作為に十人並べれば、上位三人には必ず入りそうだ。ただ、黙っているとやや冷たい印象も受ける。

冷たいのではなく、それが現代の日本人からとうに忘れ去られた、厳しさだということに、叶人は気づけなかった。

「何だ？　申して構わんぞ」

「人、殺したの？」

　その瞬間、端整な顔が砕ける音が、きこえたように思えた。

「ごめん！　さっき、耳に入ったから……」

　滅多にないほど叶人はあわてた。何気なく放ったひと言が、相手を深く傷つけてしまった。

察した叶人は、たちまち後悔の念におそわれた。

「いや、詫《わ》びるには及ばん。真《まこと》のことだからな。おれは……」

「いい！　言わなくていいよ！」

　砕けた破片を急いでかき集めて、また貼りつけたような、こわばった顔のままの侍の口を、
叶人は必死で封じた。だが、その努力を、虎之助が鼻で笑う。

「ちゃんと教えてやったらどうだ。おれは実の親を殺しましたってな」

「え」

　叶人が見上げると、十蔵は、いまにもちぎれそうなほど唇を噛《か》みしめている。

「しかも一度じゃない、いく度もくり返し、てめえの親をぶっ殺したんだ」

　虎之助の顔には、嘲《あざけ》るようなゆがんだ笑みが浮いていた。

「くり返しって、どういう……」

「己の犯した罪は、己が誰より承知している。申し開きをするつもりなぞ毛頭ない。だが、

虎之助、おまえにだけはとやこう言われたくはないわ」

ふたりの男の視線がからみつき、火花を上げた。

「何人、何十人と殺《あや》めておきながら、悔いる心根なぞかけらもない。鬼畜生とはおまえのことだ」

――殺人鬼。

その言葉が、叶人の頭に警鐘のように閃《ひらめ》いた。真偽を確かめるまでもなく、虎之助の表情が、嘘ではないことを雄弁に物語る。十蔵の渾身《こんしん》の罵《のの》りさえも、この男には痛くもかゆくもないのだろう。にやりと返した歪《いびつ》な笑みは、それがどうしたと言っている。

にわかに青ざめた叶人に、気づいたのだろう。十蔵が我に返り、そっと声をかけた。

「すまぬな、怖がらせてしまったか」

怖くないといえば、嘘になる。それでも叶人は、ごっくりとそれを喉の奥に押し込めた。

「いいよ……おれだって、同じだし……」

震えそうになる声を、懸命に立て直す。虎之助が、頬に嫌な笑いを刻んだ。

「へえ、てめえも人殺しかよ」

「黙れ、虎之助。叶人も、めったなことを口にするものではない。おまえのような子供に、人を殺められるはずがなかろう」

「殺してないけど……殺したのと同じだ。もしかしたら、殺すよりもっとひどいかもしれない」

「叶人……」

十蔵が言葉を失って、訪れた静寂を、下品な笑いが満たした。

「こいつはいい。人殺しが三人もおそろいたぁ、何とも縁起のいい話じゃねえか。おれぁ気にいったぜ、小僧」

やくざ者の笑い声をききながら、叶人は腹を決めていた。

人を殺したのかと、ついたずねてしまったのは、心のどこかでこのふたりを怖がっていたからだ。だが、虎之助が言ったとおり、自分だって大差はない。

この舟に乗ろう――。叶人の気持ちが定まった。

まるでそれを見透かしたように、笑いを収めた虎之助が、川の下流側を見やった。

「小僧、てめえの初仕事だ。あの女を、とっとここに連れてこい」

上役として接するつもりなど、この男には毛頭ないようだ。

えらそうに顎で示した先に、女の人がうずくまっていた。

「先刻申した客というのは、あの内儀でな」

一緒についてきてくれた十蔵の視線の先に、川を向いてしゃがみ込む白い衣が見えた。

川の上から下へ、一番から九番の八本の船着場がならび、その女性の姿は、九番の立札の向こう側にあった。

「ナイギって……スニーカー、じゃないよね？」

十蔵がきょとんとして、忘れてくれと叶人はあわてて打ち消した。

「ひょっとして、お母さんのこと？」

叶人がそうきいたのは、その人がちょうど、叶人の母親と同じくらいに見えたからだ。

武家や町人の妻女のことだときいて、要は奥さんという意味かと叶人は理解した。

胸に淡いピンクの地蔵玉を大事そうに抱えたまま、女性は川をながめてぽろぽろと涙をこぼしている。何故だか叶人の胸に、ずきりと痛みが走った。

「そろそろ出立したいのだが、よろしいか？」

十蔵がていねいに言ったが、動くものかとでもいうように、地蔵玉を抱きしめて小さく首を横にふる。侍はため息をひとつこぼし、気をとり直してもう一度声をかけた。

「次はこの子も、同乗することになった。よしなに頼む」

紹介してくれた十蔵の背中から、顔だけ出して、「よろしく」と申し訳程度に挨拶する。

女の人が、ゆっくりとふり返った。十蔵ではなく、叶人に目を合わせる。かたくなに引き結ばれていた唇が、ほどけるように開いた。

「あなた、いくつ？　何年生？」

「十二歳。小学六年」

「じゃあ、うちの留里《るり》と同じなのね……かわいそうに」

かわいそうなんて、安い同情だ。決して良い気分じゃない。それでも叶人は自分の役目を思い出し、黙っていた。子供が同じ歳なら、親もやっぱり同じ年代なんだろう。叶人の母親よりも少し背が低く、少しふっくらしたおばさんだった。ゆるいウエーブのかかった髪が、肩の上でかすかに揺れた。

「子供を亡くすなんて、お母さん、お気の毒ね」

何とこたえていいかわからず、あいまいにうなずく。

「親はいつだって、子供のことが何より大事だもの……私も留里が心配でならなくて。ちゃんと手術が成功したか、気になって」

それがこの人の未練、心残りのようだ。

「手術って……」

叶人がたずねようとしたとき、早くしろと、虎之助が怒鳴る声がきこえた。

「せっかちな奴だ」と、文句を口にしながらも、一腰を上げてくれぬか、おかみ」と十蔵は手をさし伸べた。

わずかな間の後に、女性はこくりとうなずいて、手の甲で涙を拭った。

十蔵のさし出した手に摑まって、ゆっくりと立ち上がる。長くしゃがんでいたせいか、その拍子に女性がよろけた。地蔵玉を抱えているから、手をつくこともできない。倒れそうになったからだを、叶人はとっさに支えようとした。

両手に女性の腕が触れ、そのとき叶人の耳に何かが届いた。

「あれ、何か……」

しばらく耳をすませたが、きこえるのは船着場で交わされる、死者や船頭のざわめきばかりで、さっきの音は途切れていた。腕一本で女性を支えた十蔵が、「どうした」とたずねる。

「ううん、何でもないよ」

ちらりと隣のおばさんをながめる。

似たところなどないはずなのに、やっぱり叶人はお母さんを思い出した。

虎之助が長い棹を船着場の棒杭に当て、はずみで舟を押し出した。

川というより、運河のようだ。まったりと濁った緑の水面は、ほとんど流れが感じられない。叶人と女性は、舟の真ん中辺りに横に並んで座った。背中から、ぎい、ぎい、と木のきしむ音がする。十蔵の操る、櫂の音だった。

「叶人、先刻、何か言いかけたろう？　気になることでもあったのか？」

川の中ほどに来ると、背中の十蔵が問いかけた。中ほどといっても、本当に真ん中なのかどうかはわからない。ただ、さっきいた岸辺が見えなくなり、向こう岸もまだ見えない。思っていたより川幅がありそうだ。

「わからないけど、一瞬、誰かの声がきこえた気がして」

「誰かとは？」

「わかんない」

そうか、と十蔵は話を打ち切るそぶりを見せたが、隣にいた女性が意外なことを言った。

「もしかしたら、あなたのお父さんやお母さんの声じゃない？」

「え」

「きっとご両親が、あなたを呼んでいたのだと思うわ」

病院のベッド。枕元に張りついていた両親と弟の姿が、胸をよぎった。その映像をふり切るように、叶人はかすかに頭をふった。

「違う……たぶん、空耳だよ」

おばさんが叶人を覗き込む。その顔は、少し悲しげだった。

「親ってね、子供のことだけは諦められないものなの。どんな犠牲を払っても、子供だけは幸せにしたい。そう願うものなのよ」

ふと、幼い頃の思い出が浮かんだ。食品会社の研究所勤務の父親は帰りが遅く、酵母の世話をしているとかで、土日も会社に出掛けるのはめずらしくない。母親も産休はとったものの、繊維会社で事務の仕事を続けている。それでも小さい頃の叶人は母親にべったりで、託児所を出ると、お母さん、お母さんと、たえず姿を追ってまとわりついていた。

けれど叶人が四歳のとき、弟が生まれた。それまで叶人の指定席だった母親の膝には弟が座るようになり、仕事の合間に家事をこなすのが精一杯だったのだろう、いつのまにか顔を合わせれば、小言を食らう方が多くなっていた。

「叶人、明日の授業の用意はできたの？　お母さん、忙しいんだから、自分でちゃんとやってね」

「叶人、学校に提出するプリントがあったんだって？　今日、先生から連絡がきて、びっくりしたわ。ちゃんと出さないと駄目じゃないの」

親なんてうるさいものだと、鬱陶《うっとう》しいものだと、高学年になる頃にはそう思うようになっていて、さっさと弟と共有の子供部屋に引っ込むようになった。２ＬＤＫのマンションだから、居間の声は戸を閉めても届く。

「お母さん、今日、僕、先生に褒められたんだよ。颯太くんは、ウサギの世話を一生懸命にやってえらいねって」

「あら、颯太、すごいじゃない」

たまに楽しげな会話がきこえると、イラッとした。

――人の気も知らないで……だいたい颯太があんな真似をしなければ……こんなことになったのも、みんな颯太のせいじゃないか。

「ごめんね、おばさん、よけいなこと言ったわね」

はっと我に返ると、隣から心配そうに見詰める顔があった。

「ご家族のこと、思い出させちゃったわね。本当に、ごめんなさい」

「違うよ……ちょっと嫌なこと思い出して」

嫌なことって？　そうきかれる前に、叶人は急いで話題を変えた。

「おばさんは、病気だったの？」

たいした思慮もなく口から出てしまったが、不躾《ぶしつけ》な質問だったかもしれない。だが、おばさんは気を悪くしたようすも見せず、こたえてくれた。

「病気といえばそうなんだけど……くも膜下出血ってわかる？」

知らないと、叶人はこたえた。

「脳卒中の一種でね。若い人、っていってもおばさんくらい、四十代から五十代の働き盛りに多いんですって。おばさんも死んでから、家族に説明するお医者さんの話をきいて、初めて知ったんだけどね」

脳卒中は、前ぶれなしに急に倒れる病気だと、叶人の知識はその程度だ。でも、何の前兆もないなら、事故と同じだ。突然降ってわいた予期せぬ災難なら、心残りが多いのもわかる気がする。

「死んだとたん、たぶん魂が抜けたのね、ベッドに仰向けになった自分を見ていて」

うん、と叶人は相槌を打った。まったく同じ体験をしたから、よくわかる。

「留里が私にしがみついて、泣きじゃくっていた……お母さん、お母さんて、ずうっと叫び続けて……」

その瞬間、ぐらりと舟がかたむいた。まるで船底に、前からきた波の塊がぶち当たったようだ。舳先が大きくもち上がり、虎之助が棹を握りしめ、足を踏ん張った。

「くそ、まただ！」

バウンドした舟は、どうにか転覆せずに舳先を着水させたが、川のようすは一変していた。まるで川が意思を持ったかのように、水面がざわざわと波立ち、気づけば色さえ変えている。さっきまで濃い緑色をたたえていた水が、いまは墨でも流し入れたように、空と同じ黒さを呈していた。

「叶人、内儀を頼む。何とか抑えてやってくれ」

背中から、十蔵の声がとんだ。櫂を繰るのに必死で、自分は身動きがとれぬようだ。

抑えるという意味を、叶人はとり違えた。気を鎮めてほしいと十蔵は頼んだのだが、とっさに叶人は、おばさんが舟から落ちないよう、そのからだにしがみついた。抑えるというより、倒れ込むといった方が近い。ふくよかなからだに自分の頬が埋まったとたん、

「あ」

またきこえた。今度は、さっきよりもはっきりと。たしかに自分の名を呼ぶ声だ。

「お母さん……」

叶人の呟きは、おばさんにリンクした。

「そう……お母さんて、留里が呼ぶの。泣きながら、お母さんて……お母さんがいなかったら、手術しても仕方ないって……手術なんて絶対に嫌だって、留里が……！」

がつん、とさっきよりも大きな衝撃が、船底に走った。尖った舳先と、棹を持った虎之助が、さっきの倍ほども高くせり出して、しがみついていた白い衣ごと、からだが浮き上がった。

「叶人‼」

伸ばされた十蔵の手が、虚しく宙を掻《か》き、黒い水に呑み込まれるより前に、叶人は意識を

失っていた。

目をあけると、若い侍の心配そうな顔があった。

「よかった、叶人、気がついたか」

十蔵の顔から、ぽたりと雫《しずく》が垂れた。涙ではなかった。頭から水をかぶったようにずぶ濡れで、髷が見事にひしゃげている。叶人を水から助け出してくれたのは、十蔵のようだ。

「このまま目を覚まさなくば、腹を切っても詫びのしようがなかった」

「とうにおっ死《ち》んでるんだ。さばく腹なぞ、ねえだろうが」

首を少し横に向けると、やはり濡れ鼠《ねずみ》のまま舳先に腰をおろした虎之助の姿と、横たわったままの白い衣が見えた。こちらは虎之助がとび込んで、舟に引き上げたのだろう。

「おばさんは……」

「大丈夫だ、あの内儀も気を失《うしの》うているだけだ。たまに客が水に落ちることはあるが、からだはすぐに浮かんでくる」

すでに死んでいるのだから、溺れようがないと十蔵が語る。ただ、叶人は死んでいるわけではないから、目を覚ますまで気を揉《も》んでいたようだ。

「そっか、よかった」

ほっとして、素直な感想がこぼれたが、虎之助からすぐさま反論がとぶ。

「良かあねえよ。まあた、ふり出しに戻るだ」

「ふり出しって？」

「もといた船着場、此岸に逆戻りよ。ったく、これじゃあ、さっぱり埒《らち》があかねえ」

「うまく向こう岸に渡れぬ際には、舟が戻されてしまうのだ」と、十蔵が言い添えた。

十蔵に手を貸してもらい、ゆっくりとからだを起こす。たしかに漕いでもいないのに、舟は後ろに向かって流されていた。首を回すと、遠くに八本の船着場が見えた。

「内儀が目を覚ますと、また川が荒れるやもしれん。しばらく起こさぬことにした」

「そっか……おれが乗っても、何にもならなかったね」

「まったくだ。戻るだけならまだしも、とんでもねえおまけがついた」

虎之助は叶人ではなく、忌々しげに足許に目を落とす。目を閉じたままの女性を、いまにも蹴りとばしそうだ。

「よせ、女子供に八つ当たりしても仕方なかろう」

「だったらこの落とし前を、誰がつけるってんだ」

「むろん、我らふたりだ。それが我らの役目なのだからな」

「あんな七面倒くせえ真似を、またやれってのか？」

けっ、と虎之助が吐き捨てた。

「おれぁご免だぜ。クソババアにたっぷりと説教食らった上に、あの嫌味ったらしい奴らに市中を引き回されてよ。磔《はりつけ》獄門の方がまだましだ」

「何の話？」と、虎之助ではなく十蔵の方を向く。

「実は、客が抱えていた地蔵玉が、川底に沈んでしまってな」

「この人が抱えてた、サーモンピンクの玉だろ？　川に潜って探すってこと？」

いや、と十蔵は、沈鬱な面持ちになった。

「実は三途の川の底には、ところどころに深い穴があってな、その底は現世に繋がっておる」

「現世って……おれやこのおばさんがいた世界？」

「さよう。川に落ちても、からだ、というか魂はこちらに引かれるから、すぐに水に浮く。しかし地蔵玉は、水底から現世へ落ちてしまうことが多くてな。この内儀を見ればわかろうが、地蔵玉はいわば現世への未練の塊なのだ」

玉を失《な》くせば、その責めを負って探しにいくのは渡し守だと、十蔵さえも憂鬱そうなため息を吐く。

舟はゆっくりと此岸の船着場へと吸い寄せられた。

「このうつけ者の能なしの唐変木《とうへんぼく》が！　てめえらに頼むくらいなら、猫の方がよほどましさね」

叶人にはなじみのないことばの羅列だが、罵詈《ばり》雑言《ぞうごん》ということだけは理解できる。

案の定、ダ・ツ・エヴァは、ふたりを散々にこきおろした。

「たった半月で二度も地蔵玉を失くすなんざ、きいたためしがない。どうけりをつける気だい。ああん？」

両手を腰に当てたり腕を組んだりと、オーバーアクションで叱りつけるたびに、金で縁取られたローブの長い袖がひるがえり、白く細い手首を彩る何本もの腕輪が、しゃらんしゃらんと音を立てる。

「まあ、それくらいにしないか、奪衣婆。起きてしまったことを、がみがみ言ってもはじまらない。それより、早急に手を打たなければ」

県営王は相変わらずクールな対応だが、ダ・ツ・エヴァは収まりがつかないようだ。

「手を打つ前に、また始末書きだよ。おまけに、あのいけすかない十王《じゅうおう》の手下どもに、嫌味をさんざん垂れられながら、頭を下げなきゃならない」

「始末書きって、始末書だよね？　おれも一緒にあやまるよ」

鼻息荒いダ・ツ・エヴァに、叶人が申し出る。一方の県営王は、表情を変えずに応じた。

「別に君のせいじゃない。そもそもこのふたりが江戸時代に生まれたということが、いちばんの問題でね」

「こいつと組ませたのはそっちだろうが！　言っちまえば、てめえら爺婆のしくじりだ」

「己の落度を人のせいにするな、虎之助。まあ、このような愚か者と組まなんだら、地蔵玉を失くすこともなかったがな」

またぞろ喧嘩の種を蒸し返した船頭ふたりを、よさないか、と県営王がなだめる。

「ふたりが江戸時代の人間だと、何が問題なの？」

「三途の川の底から、現世に失せた地蔵玉は、どこに落ちたかわからない。たいがいは遺族とか友人とか、故人の縁故のところに落ちるんだが……それを探し当てるには、故人の知己、つまり親しい人にきいてまわらなければならない」

「えっと……つまり、生きてた世界で、きき込み捜査をするってこと？」

「そう考えてもらっていい。このふたりはもともとは人間だから、失ったからだくらいはこちらで復元できる」

たとえ借り物のからだでも、現世で人としてふるまえるようになるという。

「ただ、江戸時代に生きていたから、電車の乗り方すらわからなくてね。それで他の十王配下の者の力を、借りなければならないんだ」

十王とは、冥府で死者を裁く王のことで、全部で十人いる。ダ・ツ・エヴァと県営王が仕える閻魔大王も、そのうちのひとりだった。他に九人いる十王の配下の中には、現世に駐在する者もいる。そういう手合いに道案内を頼まなければならないと、県営王は説明した。

「似たような仕事をしているわりには、決して良好な関係とは言い難くてね。連中に借りは作りたくないというのが、正直なところだよ」

県営王もやはり気は進まないようだ。同じ組織の内で、手柄争いをするようなものなのだろう。いつか見た刑事ドラマを思い出し、叶人はそう解釈した。

「だったら、おれが案内するよ」

「何だって？」ダ・ツ・エヴァの声が裏返った。

「おれが一緒に行けば、いけすかない同僚に頭を下げなくてもいいんだろ？」

「なるほど」

県営王の眼鏡のレンズが、きらりと光った。だがダ・ツ・エヴァは、いい顔をしない。

「おまえみたいな子供に、任せられるものかい」

「小学生だって電車にも乗れるし、ネットがあれば地図だって乗り継ぎだって一発だよ。道案内くらい、どうってことないさ」

豪語する叶人に、やはりダ・ツ・エヴァは訝しげな視線を注ぐ。

「奪衣婆、今回に限り、やらせてみてもいいかもしれない」

「どういう腹だい、懸衣翁？」

「地蔵玉がどこに落ちたか、はっきりしているからね。あの死者、寺崎静恵《てらさきしずえ》の気がかりは、ひとつだけだ」

「留里って、娘のところだね」

「当たりだ」

叶人のこたえに、県営王は満足そうにうなずいた。その手は忙しそうに、パソコン画面をたたいている。タッチペンではなく、ソーセージみたいな指がすごい速さで動いている。

「見つけた。娘はいま病院にいる」

「どこ？　都内だと楽なんだけど」

幸い、寺崎留里のいる大学病院は、東京都港区にあった。

「この病院に君たちを送り込めば、ネット検索も乗り継ぎも必要ない。ただし君には、別の仕事をしてもらわないといけないけどね」

「何？」

そう大きくはない県営王が、叶人に屈み込み、耳許でこそりとささやいた。

「ああ、そうか。わかった、任せて」

江戸時代のふたりには、きかせたくない内容だ。妙に勘のいい虎之助が、じろりとこちらをにらみつけた。

「何をこそこそやってやがる。話がついたんなら、さっさと行こうぜ」

「いや、待て。子供には荷が重すぎる。叶人を連れていくのは、やはりやめにせぬか、爺殿」

異を唱えたのは、意外にも十蔵だった。

「思い出してもみよ。またこの男が先のような騒ぎを起こせば、おれと叶人だけでは止められぬやもしれん」

「もしかして、暴れたとか？」ちらと虎之助を見る。

「向こうがおれの肩にぶつかったんだ。礼くらいあたりまえだろうが！」

あまりに短絡的かつ使い古された常套句《じょうとうく》だ。ただそれだけで若い男三人を殴り倒し、十蔵と案内人の男が、ふたりがかりでどうにか抑えたという。

たしかに現代の、まして人口密度の高すぎる都会をこの男と歩くのは、まさに首輪も引き綱もつけないまま、虎を連れまわすのに等しい。

だいたいこんな危険人物を、探索にさし向けること自体、理解に苦しむ。

「現世に行くのは、十蔵だけでもいいんじゃないの？」

「それが、そうもいかなくてね」

そうしたいのはやまやまだが、と言いたげに、ダ・ツ・エヴァはため息をついた。

「地蔵玉は現世に落ちると、人の目には映らなくなる。あたしら十王配下の者でさえ、見つけるのは至難の業でね。だが、ごく稀《まれ》に地蔵玉を感じとる力のある人間がいるんだよ」

「この人が、そのレアなタイプってこと？」

わずかばかりの尊敬を込めて見上げたが、「じろじろ見てんじゃねえよ」と、虎之助にはにらみ返された。

地蔵玉が川底から落ちることはままあって、落ちた玉を現世に拾いに行くのも、渡し守の大事な仕事のひとつだった。だからふたりのうち片方は必ず、地蔵玉を感知する能力のある者が選ばれるのだ。

「ところがこういう奴に限って、変わり者が多くてね」

極度の人嫌いで話もろくにしないとか、子供の声にすらびくりと驚く臆病者など、バラエティに富んだ個性的な人物像が、ダ・ツ・エヴァから語られた。

「それで相棒には、常識人が必要になるのか」

先回りして察した叶人が、因幡十蔵をながめた。理由はそればかりではない。大虎のごとき虎之助を抑えるには、匹敵する強さのある者が望ましい。だからこそ武芸に秀でた十蔵があてがわれた。その十蔵ですら、前回の地蔵玉探索の折、虎之助を止めるのには手を焼いたようだ。

「刀さえあらば、もっとたやすく収めることもできるのだが。現世では使ってはならぬというからな」

「抜かせ！　そりゃこっちの台詞だ。脇差さえありゃ、てめえなんざナマスにできらあ」

「ふたりともやめなよ。銃刀法違反で即刑務所行きだよ」

　これほど馬の合わないふたりを、組ませた理由には納得がいったが、やはり不安が残る。

「何かおとなしくさせる、アイテムとかないの？　孫悟空の頭の輪っかみたいな」

「小僧、おれさまを犬扱いするつもりか」

　アイテムも孫悟空も知らないはずだが、虎之助は敏感にことばの意味を察したようだ。

　この動物的な勘の良さが、地蔵玉を察知できる能力に繋がるのかもしれない。

「そんなものはないけどね、切り札ならあるさ。虎之助、今度現世で騒ぎを起こせば、問答無用で地獄行きだ」

「ババア、このおれを脅す気か。ふん、こちとら地獄なんざ飽きるほど……」

「次に地獄の牢に繋がれたら、二度と出られない。未来永劫だ」

　虎之助が、かっと目を見開いてダ・ツ・エヴァとにらみ合った。薄緑色の宝石のような瞳が、まばたきもせず虎之助に据えられる。

「わかったよ」

ダ・ツ・エヴァの本気が伝わったのだろう。虎之助は、吐いて捨てるようにこたえた。

息を詰めていた叶人と十蔵が、同時にほっと息をつく。

「話はついたし、そろそろ出掛けようか」と十蔵を仰いだ。

「お待ち、いちばん大事なことを忘れているよ」と、ダ・ツ・エヴァが止めた。「叶人、おまえにはからだがない。おまえのからだはいま、生死の境をさまよっているんだろ？」

「あ、そうか」

叶人のからだは、区立病院のベッドの上だ。意識不明の状態では、動かしようもない。

しかし、それまでずっと画面を覗いて指を動かしていた県営王が、顔を上げた。

「それなら、目処《めど》が立った。君の魂の容《い》れ物になってくれる、他のからだを探し当てた。もちろん、このふたり同様、一度死んだ者のからだだがね」

死人のからだなんて、正直気持ち悪い。顔に出ていたのだろう、県営王がおちょぼ口の両端を上げた。

「大丈夫、本物の死体じゃない。とっくに土に還っているからね」

江戸時代に死んだふたりと同じだと、県営王は説明した。ふたりは前世のからだを復元するが、叶人には、叶人に似た別の誰かの姿を模して、借り物のからだを作るという。

もとのからだと似ても似つかない姿では、魂がうまく定着しないのだそうだ。

「用意ができるまで少し待ってくれ。感覚でいうと、一時間ほどだ。寺崎留里のいる病院に送るのは……現世時間二〇一二年九月八日午後二時としよう」

手袋をはめたような指を、軽やかに画面上で動かしながら県営王がてきぱきと伝えた。

九月八日――。叶人が橋から落ちた日の、翌日だった。

落ちたのは、夕方だ。魂となって病院の窓をすり抜け、町を俯瞰したときは朝だった。

あれもたぶん落ちた翌朝だから、あれからわずか数時間後ということだ。

死者のように七日経った感覚はないものの、自分で感じているほどには時間が過ぎていなかった。一方で、現世にいた頃が、ずいぶんと昔のことのようにも思える。

「ここは、そんなに遠いのかな」

呟いた叶人の胸に、流れる川と青い橋が浮かんだ。

＊

「すごい、よく似てるけど、おれじゃない」

病院の玄関脇のガラスの前で、顔を近づけたりくるりと回ったり、飽きずにくり返す。

綿《コットン》の膝丈パンツに、オレンジのTシャツ。ガラスに映る姿は、ぱっと見ではもとの自分と同じに見える。背格好や顔立ちもそっくりだ。だが、よくよく見ると、実物の叶人より少し鼻が上を向いていて、顎もわずかに角張っている。背も若干高く、逆に棒のようにひょろりと長く伸びていた手足は、ややふっくらとして、ちょっと短くなっていた。

「うむ、たしかに。叶人を多少逞《たくま》しくした感があるな。少し大人びても見える」

「十蔵も、全然印象が違うね。それ、似合ってるよ」

細い縦縞《たてじま》の入った紺の夏スーツに、白いワイシャツ。ぴしりと姿勢のいい十蔵が着ると、清々しく映る。何より変わったのは髪型だ。額にわずかにかかるくらいの短髪は、仕事のできるビジネスマンみたいだ。

「ざんぎり頭は、どうも面映《おもは》ゆうてならぬのだが」と、十蔵は照れくさそうだ。「この前は首を絞める紐《ひも》が、どうにも鬱陶しくてな、此度《こたび》は外させてもらった」

「ネクタイのこと？　まだ夏だし、最近はクールビズだからちょうどいいよ」

「何より厄介なのが、この袴でな。動きづらくてかなわぬわ」

と、紺のスーツパンツを見下ろす。叶人には十蔵のはいていた袴の方が、よほど窮屈に見えていたが、幅広の筒の中では足を自由に動かせるという。

「おい、いつまで油売ってやがる。とっとと済ませて帰るぞ。こんな暑苦しい格好が、いつまでもできるか」

「十蔵にくらべれば、十分カジュアルだと思うけど」

濃いカーキ色の、くるぶし丈のカーゴパンツと白のTシャツに、グレーの袖なしパーカーをはおっている。派手な柄シャツに白のスーツという、伝統的なやくざスタイルを危惧《きぐ》していた叶人は、大いに安堵《あんど》した。

目立つのは決して良策ではないと、県営王が選んだ衣装だった。意外にもセンスは悪くないようだ。作業着なんて着せて悪かったなと、叶人は内心で反省した。

寺崎留里が入院しているという、大学病院の中庭の繁みを到着ポイントとしたのも、やはり県営王だ。人の目に触れない場所として、ここに決めたようで、三人を送ってくれたのはダ・ツ・エヴァだった。

地蔵玉を抜くときと同様両手をかざし、その瞬間、まぶしい光が三人を包んだ。思わずぎゅっと目をつむり、おそるおそる開くと、すでに病院の中庭の奥まった場所にいた。

「そんなに急ぐことないのに。外の空気は久しぶりだし」

すうっと叶人は、肺いっぱいに空気をため込んだ。東京の空気が美味《おい》しいなんて、生まれて初めて感じたことだ。日射しにあぶられた大気は、たっぷりと熱と湿気をはらんでいる。

なのにいつもの不快感は訪れなかった。

息苦しいと感じていたわけではないのだが、黒い空のせいか、賽の河原にはやはり閉塞感があった。あるいは、と叶人はふと思いついた。

――あのときは、生きてなかったからかな。

からだがなければ、呼吸も必要ない。あたりまえのことが、妙に心にかかる。

けれどシリアスになる暇もなく、叶人の脇ですごい音がした。

「いて――っ！　何なんだ、こいつは！　何だって、見えねえ壁なんざ作りやがる！」

虎之助が、額を押さえてわめきちらす。

「この前、案内人に教わったろう。これはギヤマンでできた壁だ」

「知るかっ！　こんな妙なもの、おれの目の前に二度と置くな！」

「自動ドア……ちゃんと開く前に体当たりしたんだ……」

出だしからこれでは、先が思いやられる。さっき吸い込んだ空気を、全部吐き出す勢いで、叶人はため息をついた。

「何だって、こんなにくせえんだ」

どうにか無事に自動ドアを抜けたとたん、虎之助が顔をしかめた。

「まことに面妖《めんよう》なにおいだ」と、十蔵も片手で口と鼻を覆う。

ふたりはどうやら、病院内にただよう消毒液のにおいが苦手なようだ。

「だめだ、我慢ならねえ。おれは外で待つ」

いきなり虎之助がまわれ右をした。そのすぐ後ろにいたらしい、太った中年のおばさんが、厚い胸板に派手にぶつかり、よろけて倒れた。

「このババア！　どこに目ぇつけてやがる！」

はばかりない大声が、白い壁に反響し、一階フロア中に響きわたる。外来患者や見舞客、病院のスタッフ。そのざわめきが中途半端に途切れ、周囲の視線がいっせいに集まった。

恥ずかしいを通り越して、恐ろしい。まるで音のない宇宙空間に、いきなり投げ込まれた気分だ。

「よせ、虎之助。婆殿の忠告を忘れたか」

「おれは悪かねえ、ぶつかってきたのはこのババアの方だろうが」

「この前の騒ぎも、そっくり同じとっかかりであろうが」

十蔵が、眼光鋭くひとにらみする。とりあえず相方を収めると、十蔵は倒れた中年婦人の前に膝をついた。

「すまぬな、内儀、怪我はないか」

フロアに大きな尻をつけたまま、おばさんがうさんくさそうに十蔵をながめる。

「立てぬのか？　何ならおれが、背負うてやってもよいが。家はどの辺りになる」

「け、結構です」

おばさんはあたふたと立ち上がり、からだに似合わぬすばやさでその場を離れた。

「どうやら無事のようだな」

十蔵はのんきに後ろ姿を見送っているが、叶人は頭を抱えたくなった。

外見も素行も性格も完璧なのに、時代劇調のことば遣いで台無しだ。好意的に言っても歴史オタク、悪ければ虎之助と違う意味でアブナイ人だ。

「あのさ、しゃべりはおれに任せてよ。何ていうか……通じないことばが多いからさ」

「さようか……たしかに我らにとっても、叶人の話はわからぬときがあるからな」

この人の好い侍を傷つけないよう、叶人にしては精一杯気を遣ったが、出立前に県営王に耳打ちされたのはこれだった。行く先々で相手にいちいちびっくりされては、情報の引き出しようがない。道案内よりもむしろ、叶人が情報収集のキーマンになるようにと、それが県営王のアドバイスだった。

「あの、何かトラブルでもございましたか」

ふり向くと、病院スタッフらしい、制服を着た女性が立っていた。

「大丈夫、何でもないから」

叶人がそうこたえても、相手は仁王立ちしたままの虎之助をこわごわ仰ぐ。一部始終を見ていたのに違いない。仕事とはいえ、声をかけるのは相当勇気が要ったろう。

「ええっと……兄はこのところ情緒不安定で」

「メンタルクリニックでしたら、本館三階になりますが」

虎之助に知れたら、フロア中の長椅子を投げとばしていたかもしれない。意味が通じないのも悪いことばかりじゃないと、叶人は胸を撫でおろしながら言った。

「診察じゃなく、友達のお見舞いに来たんだ。寺崎留里って、小六の女の子」

「入院病棟は、本館隣の別館になります。一階に病棟受付がありますから、そちらでご確認いただけますか？」

最近はどこもマニュアル対応だから、小学生の叶人にも、大人向けのていねいな説明をしてくれる。別館への通路を確かめて、ふたりを連れて奥へ行く。

「もう一度言うけど、しゃべり担当はおれだからね。邪魔しないでよ」

頼むから口を開くな、面倒はかけるなと、遠回しに釘《くぎ》をさす。さっきの調子がこの先も続いたら、留里という子に会う前に、面会時間が終わってしまいそうだ。

子供が初仕事に、張り切っているように見えたのだろう。にこにこと、十蔵がこたえた。

「委細承知仕《つかまつ》った。では任せたぞ、叶人」

廊下ですれ違った入院患者らしいお姉さんが、怪訝な顔でふり返った。

寺崎留里の病室は六階にあった。病棟受付ですぐに教えてもらったが、六階にたどり着くまでが、またひと苦労だった。

「おれぁ、あんな箱に籠められるのは、断じてご免だ」

「実を言えば、おれもあの動く箱は苦手でな。胃の腑《ふ》がせり上がってくる感じがどうにも」

ふたりがエレベーターを毛嫌いしたために、六階まで階段を上るはめになった。

「階段なんて全部、エスカレーターにすればいいのに」

基本的に三階以上は階段を使わない叶人は、肩で息をしながら文句をこぼす。対してふたりは、四階を過ぎても息ひとつあがらない。

「あのおばさんの娘が、目を手術するなんて知らなかったな」

「何と言うた、叶人？」と、前を行く十蔵がふり返る。

「留里って子はさ、目が悪いんだ。たぶん、その手術だよ。さっき受付でそうきいた」

正確にいうと、一階の受付で確かめたのは、寺崎留里が眼科病棟に入院しているということだった。もちろんふたりには通じていない。

「目を、どうするって？」今度は虎之助がたずねる。

「だからぁ、目を切るってことだよ」面倒になって、思いきり端折《はしょ》った。

「目玉を、切るだとぉ？」

虎之助のでかい地声が、階段の上から下まで響きわたる。しーっ、と叶人は口に指を当てたが、虎之助にはインパクトが強すぎたようだ。たちまち話が肥大する。

「目玉をえぐられるくらいなら、腹の方がまだましだ！」

「頼むから、静かにしろよ。病院てところはさ、ひそひそ声で話さないと駄目なんだよ」

「何でだよ」

「……大声を出すと、目玉を食うお化けが出るんだよ」

「本当か！」

虎之助が、でかい図体《ずうたい》をぶるりと震わせる。案外、単純な奴だ。これからはこの手でいこうと、叶人が拳を握る。口からのでまかせだと、十蔵は気づいたようだ。声を立てずに笑ったが、何も言わなかった。

「とうちゃくー」

ようやく六階の踊り場に着いた。エレベーターホール脇の長椅子にふたりを置いて、ナースステーションらしきブースに行く。

「あの、寺崎留里って子の病室は」

「あら、留里ちゃんのお友達？」

叶人がこくりとうなずく。短い白衣とズボンに、ナースキャップも載せてない。最近よく見る看護師スタイルで、色気はないけど機能的だ。

「せっかく来てくれたのに残念だけど、今日は面会は無理なのよ」

カウンター越しに、若い看護師が申し訳なさそうな顔をする。

「ひょっとして、具合、悪いの？」

「そうじゃなくてね、留里ちゃん、これから手術なの」

今日がオペ当日だとは知らなかった。出直すしかないか、と諦めかけたが、立ち去る前に叶人はたずねた。

「あのさ、何の病気かきいていい？　詳しいことは知らなくて」

あら、と看護師は意外そうな顔をしたが、それでも叶人に教えてくれた。

「病気じゃなくて、事故よ。半年前に車にはねられて、目が見えなくなったの」

「そうだったんだ……」

「でも、留里ちゃんのお母さんの角膜を移植できることになってね、手術が成功すれば、またもとのように見えるようになるわ」

『お母さんて、留里が呼ぶの。泣きながら、お母さんて……』

寺崎静恵の悲痛な声が、頭の中によみがえった。

『お母さんがいなかったら、手術しても仕方ないって……手術なんて絶対に嫌だって、留里が……！』

「そういうことか」ぽつりと呟きがもれた。

「だから、二、三日後に来てくれれば、留里ちゃんに会えると……」

看護師の説明が、終わろうとしたときだった。廊下の向こうから、血相を変えて別の看護師が駆けつけてきた。

「大変です！　寺崎留里さんが、病室からいなくなって！」

叶人の相手をしていた看護師の顔が、さっと緊張する。いったん叶人をふり返り、

「あなたたちは、探しに行って」

ブースに残っていたふたりの看護師が、短く返事をして廊下の奥へと消える。

「あなたはこっち。事情をきかせて」

叶人にきかせたくないのだろう、同僚を引きずり込むようにして、ブースの奥にあった扉の中に姿を消した。ナースステーションの内は、当然もぬけのからだ。扉にぺたりと耳をつけると、案外はっきりと中の会話が届いた。

「いないって、どういうこと？　あの子は半年前に失明したばかりなのよ。トイレに行くのさえ、ひとりでは難しいはずよ」

「そのはずなんですけど……オペの準備ができて迎えに行ったら、どこにもいなくて。トイレとか思い当たるところは探してみたんですけど……」

「たしか、お父さんがいらしてたはずじゃ……」

「お父さんが、一階の携帯ブースに電話をかけに行って、そのあいだにひとりで病室を抜け出したみたいです」

「まずいわね。お母さんの角膜の保存期間は、今日までなのよ。もしも今日オペができなければ、角膜は駄目になってしまう」

眼球の状態だと、保存は二日が限度なのだが、そのあいだに留里を説き伏せることができなかった。仕方なく眼球から角膜部分だけをとり出す方法でさらに五日保《も》たせたが、それも今日が限界だという。ふたりの看護師のやりとりから、叶人は状況を呑み込んだ。

「ようやく一昨日、納得してくれて、オペの段取りも整ったのに」

「私もお父さんや皆と一緒に、もう一度探してきます」

「頼んだわよ。私は各階に連絡するわ」

あわてて扉を離れ、ブースを走り出て、そのままエレベーターホールを目指した。

三人がけの長椅子は、両腕を背もたれにあずけ、大股開きの格好で虎之助が独占している。十蔵はその脇で、律儀に突っ立っていた。

「大変だよ、留里って子がいなくなったんだ！」

「何だと」十蔵は顔を引き締めたが、

「そりゃ、目ん玉切られるとなりゃ、誰だって逃げたくなるさ」

虎之助は長椅子の上で、さらにそっくり返る。

「とにかく、すぐに探さないとヤバいんだよ」

「相わかった。まだこの屋敷の内に、いると見てよいのか？」

屋敷イコール病院という式を、思い浮かべるのに一拍おいた。

「目が見えないっていうから、たぶん……でも、この病院も相当でかいから、どっから探せばいいんだろう」

闇雲にかけずり回っても、埒があかない。いっそ留里の捜索は、看護師や病院スタッフに任せて、おとなしく待っている方が得策だろうか。考え込んだとき、虎之助の姿が目に映った。さっきよりいっそう、行儀が悪くなっている。いまにも長椅子からずり落ちそうな格好で、顔は完全に天井を向いていた。

「まったく、少しは緊張感持ちなよ。娘の手術がうまくいかなかったら、あのおばさん、二度と三途の川なんて渡ってくれないよ」

「娘の居場所なんざどうでもいいが、地蔵玉の気配なら上だぜ」

まったりと告げられたことばの意味を悟るより、首の方が先に動いた。

「上？」

叶人と十蔵が、一緒に天井を見上げる。

「この屋敷の、屋根の上だ」

「屋根の上……屋上だ！」

とっさに四台あるエレベーターの階数表示に目がいったが、叶人はすぐに気がついた。

「そっか、七階建てだから、ふたつ上る方が早い。階段で行こう！」

十蔵とふたりがかりで虎之助を長椅子から引き剝がし、叶人はさっき出てきた階段の踊り場にとび込んだ。


屋上ときいたとき、背筋が寒くなった。

留里は母親の後を追うつもりではないのかと、嫌な予感が胸をかすめたからだ。

六階から七階、七階から屋上へと一気に駆け上りながら、その嫌な想像がふくらんでいく。

ぺろりと広がったコンクリートの床。めぐらされた白い柵。その柵を越えようとする少女の姿。頭上には傾きはじめた太陽——。そこまで考えたとき、頭の中がショートした。

最上階の踊り場で、貼りついたように足が止まった。呼吸が短く速くなり、それがポンプのように血を足許へと送り込む。胸がむかつくような、頭が白くなるような感覚とともに、かくりと膝の力が抜けた。

たしかに一瞬、意識を失ったのだと思う。閃いたのは、白い柵を越える少女ではない。青い橋の上に立つ、叶人自身だった。

「叶人、どうした、大事ないか」

気がつくと、川に落ちたときと同様、十蔵の心配そうな顔があった。だが、叶人のからだを支えているのは別の腕だ。

「手間ぁ、かけさせんじゃねえよ」

踊り場から、階段をころがり落ちそうになった叶人を、受け止めてくれたのは虎之助だった。

「サンキュー……もう、大丈夫だから」

ただの立ちくらみのようだ。虎之助の腕からからだを起こし、踊り場に立って、ぱんぱんと自分の頰を両手でたたいた。

「まともに礼もできねえのかよ」

虎之助は憎まれ口をたたいたが、やはり意味は察しているようだ。それでも叶人は、もう一度言いなおした。

「ありがと、虎之助」

ちらりと叶人を見遣り、ぷいと横を向く。それが意外にも、可愛く見えた。

踊り場には、磨《す》りガラスのはまったドアがひとつある。それをあけると、思ってもみなかった色が目にとび込んできた。コンクリの床も白い柵もない。代わりに、あふれんばかりの緑の景色がそこにあった。

芝生が広がり、それをとりまくように低木や繁みが植えられている。あちこちに煉瓦《れんが》で囲った花壇が作られて、赤やピンク、白や紫の花々が色とりどりに咲いていた。

「天国、みたいだ」

不吉な想像をした後だから、よけいにそんなふうに見えたのかもしれない。

屋上緑化モデルとして作られた庭園だと、後で知った。

ただ、人の姿はなく、中途半端に西に首をもたげた太陽だけが見える。

「誰も、いない」呟くと、「こっちだ」と、虎之助が方向を変えた。花壇の隙間《すきま》を縫うようにして、ずんずん奥へ行く。叶人と十蔵は、その後ろに従った。

まもなく叶人の耳に、かぼそい声が届いた。小さな小さな声。すすり泣きのようだ。

　虎之助が足を止め、視線の先には、虎之助と同じくらいの高さの繁みがあった。小さな葉をいっぱいにつけた枝が、触手みたいに四方八方に伸びていて、遠くから見ると緑のアフロヘアのようだ。ただ、枝を彩る薄紫の花は、繊細で可憐《かれん》だった。

「萩か」

　十蔵が言った。小さな声は、その陰からきこえる。近づくと、頼りない葉叢《はむら》にすがるようにして、女の子がしゃがみ込んでいた。

「……お母さん……お母さん……」

　嗚咽《おえつ》にまぎれて、ただそれだけが漏れきこえる。きらきらした欠片《かけら》が刺さったように、叶人の胸がちくりとした。この子のたったひとつの、切ない呪文だった。

　こちらに背を向けているから、薄いピンクのパジャマと、耳の後ろでふたつにしばった髪の毛しか見えない。けれど叶人は気づいていた。パジャマのサーモンピンクは、母親が大事そうに抱えていた地蔵玉と同じ色だった。

「寺崎留里ちゃん、だよね」

　そっと声をかけたつもりだったが、小さな肩があからさまにびくりとした。

　女の子がふり返り、さっきとは別の痛みが胸に走る。目はちゃんと開いている。大きくはないが、一重で形のいい目だ。けれどその瞳は、不安そうに揺れるだけで、叶人がいくら見詰めても、決して視線は交わらない。

「誰？」

ちょっと困った。深呼吸をひとつして、こたえる。

「お母さんから、伝言をあずかってきた」

「お母さんて……」

「七日前に死んだ、お母さんからの伝言」

留里が、しばしだまり込む。やがてかすれた声が言った。

「からかってるの？」

「違うよ。本当に留里ちゃんのお母さんの、メッセージを伝えにきたんだ」

「メッセージって？」

「手術、受けてほしいって。お母さんの角膜で、目が見えるようになってほしいって。それがお母さんからの伝言」

留里の表情が、険しくなった。

「……誰に、頼まれたの？」

「誰にって、お母さん」

「嘘！　病院の先生？　看護師さん？　ひょっとして……お父さん？」

いくら説明しても、留里は信じてくれない。たしかに信じるには、あまりに嘘くさい話だと、叶人は自分自身にため息をついた。

「だって、そこにいるの、あなただけじゃないもの。たぶん、ふたり。たぶん、大人の人」

「見えずとも、気配はわかるのか」

感心したように十蔵が応じる。留里がふたたび、びくりとなった。

「もう、行こうぜ。地蔵玉さえ見つければ、仕事は終わりじゃねえか」

今度は叶人を挟んで十蔵とは反対側にいた虎之助に、留里が見えない目を向ける。

「地蔵玉はどこだ、虎之助」

「そこだよ。その娘の隣にある」

叶人と十蔵がそろって目を凝らすが、やっぱり何も見えない。

「地蔵玉って、どうやって持って帰るのさ」

「地蔵玉に触れられるのは、その持ち主だけ。つまりはこの子の母親だけだ」

「じゃあ、だめじゃん。虎之助は持てないの？」

「おれにもさわれねえよ」

「使えないなあ」

「てめえにだけは言われたかねえよ！」

あのお、とおそるおそる留里が口をはさんだ。

「地蔵玉って、何？　さっきから、何の話をしているの？」

三人が、思わず顔を見合わせて、十蔵が口《こぼ》を開いた。三途の川のこと、此岸と彼岸のこと、地蔵玉。留里の母親が彼岸に渡ることを拒み、二度も失敗した上に、地蔵玉を落としたこと。一切が、十蔵の穏やかで根気強い口調から語られた。もちろんあちこちで、叶人が通訳する。

「だからな、留里殿、娘のことが案じられてならなくて、母上は未《いま》だに成仏できぬのだ」

「お母さん……お母さん……お母さん」

光のない目から、ぽろぽろといくつも涙がこぼれ、さっきより高さを失った日をあびて、きらきらと光った。ひとしきり留里が涙をこぼし終えるのを待って、叶人はたずねた。

「どうしてそんなに、手術が嫌なのさ。また目が見えるようになったら、もとの生活に戻れるんだろ？」

「みんな、言うの……よかったねって。中学へ行く前に、目が見えるようになるね。お母さんが献眼してくれて、よかったねって……」

いったん止まった涙がふたたびあふれ、今度は顔に筋となって流れる。

「そんなの、ちっともよくない！　あたし、そんなこと望んでない！」

よく似た悲鳴を、叶人はきいた。三途の川の舟の上だ。留里の声は、母親の静恵とそっくりだった。

「目が治ったら、本当にお母さんがいなくなっちゃう……お母さんがいない家になんて、帰りたくない。お母さんがいない世界なんて見たくない！」

留里が何を恐れているのか、叶人はようやく理解した。

「お母さんは、まだ死んでない。ちゃんとあたしの目の中に残ってる。だから、手術なんてしたくない。一生見えなくたっていい！」

母親が死んだことを、留里は未だに受け入れていないのだ。母親がどこにも存在しない世界から、懸命に目を逸らしている。光を失ったからこそ、どうにかその幻想にしがみついていられた。だが、見えるようになれば、今度こそ現実と直面せざるを得なくなる。

それは留里にとっては、母親を二度失うに等しいことなのかもしれない。

かけることばが見つからず、叶人は途方に暮れた。

「面倒くせえ。そんなに恋しいなら、さっさと母ちゃんのところに送ってやるよ」

ふいに虎之助が言った。大股で一歩前に出て、次いで留里の鋭い悲鳴が、空高く響いた。

虎之助は軽々と、留里のからだを己の頭上高く持ち上げた。

「よせ！　何をするつもりだ、虎之助！」

「何って、こっから落とすんだよ」

「やめろよ、虎之助！」

萩の繁みは、屋上庭園の奥まった場所にある。つまりは、その向こうは屋上のフェンスで、越えれば七層のビルをまっさかさまに落ちる。大きな虎之助なら、小さな留里を放り投げるのは簡単だ。留里の悲鳴が止まらない。ちっ、と虎之助は頭上の留里を仰いだ。

「ぎゃあぎゃあうるせえんだよ。母ちゃんに会いてえと言ったのは、てめえだろうが。死ねば賽の河原で会える。一緒に三途の川を渡してやるよ」

どんなに頼んでも、虎之助は留里をおろそうとしない。殺人鬼ということばが、叶人の頭の中で点滅する。

そのとき、十蔵が動いた。

庭の手入れをする職員が、置き忘れたのだろう。萩の繁みの奥、フェンスに立てかけてあった一メートルほどの棒をとり、その先を虎之助の腹にたたき込んだ。

力か、技か。その両方かもしれない。木製のたよりない棒は、虎之助の厚い腹筋を越え、腹にずしりと響くような打撃を与えた。ぐふ、と虎之助が呻《うめ》き、突かれた腹の辺りでからだがくの字に折れる。両手からこぼれ落ちた留里のからだを、十蔵がしっかりと抱きとめた。

十蔵が武器にしたものは、長い柄にぎざぎざの歯がついた、草取りの道具だった。

「何考えてんだよ！　てか、少しは考えろよ！　このトウヘンボク！」

悪口というものは、何故かすんなり頭に入る。ダ・ツ・エヴァ式に、虎之助をなじった。

しかし虎之助の目は叶人を素通りし、十蔵になだめられている留里に向けられていた。

「へえ、やっぱり地蔵玉は、その娘に張りついてやがるんだな」

「何のことだよ」

「娘を持ち上げたときも、そら、いまも、玉はぴったりくっついて離れねえ」

「地蔵玉が、あの子に？」

「虎之助、おまえまさか、それを確かめんがために、あのような無体《むたい》を働いたのではあるまいな」と、十蔵がきつい目でにらむ。

「うるせえ。いつまでもぐずぐずと泣きやがるから、黙らせてやっただけだ」

虎之助の真意はわからないが、叶人はあることに気がついた。

「それって、もしかして、留里ちゃんなら地蔵玉にさわれるってことじゃないか？」

ようやく涙を止めた留里が、顔を上げた。

「その玉って、どこにあるの？」

「てめえの腰に、くっついてる」虎之助が、投げやりな調子で示す。

そうっと右手を腰の方にもっていった留里が、あ、と声をあげた。

「何かある……すごく、あったかい……」

バレーボールほどの見えない玉を、留里がそろそろと引き寄せて、両手に抱え込んだ。

「これ、お母さんだ……お母さんのにおいがする……」

透明な玉の向こうで、また留里の涙がこぼれたが、その口許は笑っていた。

「お母さん、何て？」

「……ずっと、留里と一緒にいてくれるって……からだはなくなっちゃったけど、留里の目になって、同じものを見てるからって」

「お母さんのメッセージ、伝わったみたいだね」

うん、うん、と玉を抱きしめたまま、留里がうなずく。

そして、あ、とかすかな声とともに、空を仰いだ。

「行っちゃった……」

「ようやく剝がれてくれたようだぜ」

留里の手を離れ、空に吸い込まれてゆく地蔵玉を、虎之助の目だけが追っていた。

「我らも引き上げどきが、来たようだな」

十蔵が腰を上げて、スーツについた草を払う。見ると十蔵の、スーツパンツの股の辺りが、見事に裂けている。虎之助の腹に一発お見舞いしたときに、思いきり足を広げて踏ん張った。

そのときに破れたようだ。

「だからこの袴は好かぬのだ」と、十蔵は情けなさそうに顔をしかめた。

「じゃ、手術がんばれよ。お母さんにも、ちゃんと伝えるから」

「うん、ありがとう」

にっこりした留里が、あわてて言った。

「あのね、あの……」

「何？」

「あなたたちって、天使？」

んん？　と叶人が考えて、こたえた。

「天使じゃない。おれたちは、カローンさ」

「カローン？　て、何？」

返事をするより前に、三人はまぶしい光に包まれていた。

「任務終了だ」

県営王のむっちりとした指が、パソコン画面を、たん、とたたいた。

因果十蔵

船着場に座り、足をぶらぶらさせる。視線の先の侍は、櫂の具合を確かめていた。

「ええっ、江戸時代って肉食べないの？」

「さよう。獣肉は禁じられていたからな。鳥ならよいが、食すのはごく稀であった」

十蔵が穏やかに返す。客を彼岸に降ろし、また此岸に戻ると、十蔵は必ず舟の後尾についた櫂を几帳面に点検する。虎之助はと言えば、すぐ傍の河岸で寝っころがっていた。

「それって、貧乏だからじゃなくて？　うちはお母さんが『今月は苦しいの』っていうと、鶏肉か挽肉《ひきにく》が続いたけど」

「それこそ将軍様ですら、口にはなさらなかったはずだ」

「うわあ、ショーゲキの事実。おれ、江戸時代に生まれなくてよかったあ」

叶人が派手に驚いてみせる。子供らしい振舞《ふるまい》に、十蔵は目を細めた。

「最初に現世に送られた折、道を行く誰もが、やたらと背の高いことにまず驚いてな」

「そういえば十蔵も、もう五センチ欲しいところだよね」

十蔵の身長は、あと三、四センチで百七十に届くくらいだ。男にしては小さい方だが、これでも江戸時代なら平均より高いのだそうだ。

「肉を禁じたゆえに、からだが小そうなったと、爺殿からはそうきいた。戦国乱世までは肉を食していたから、虎之助のような男がごろごろしておったそうだ」

「虎之助は何を食って、あんなにでっかくなったんだろう」

つい河原へと目をやると、寝ていたはずの虎之助が、目をあけてじろりとにらんだ。

「小僧、じろじろ見てんじゃねえぞ」

まさに獣なみの勘の良さだ。首をすくめながら、叶人が言い訳のようにたずねた。

「食べ物の話、してただけだよ。虎之助の好物って何？」

「そりゃ、鰹《かつお》だな。初鰹の旨《うま》さと言ったら、こたえられねえ。博奕《ばくち》で大勝ちしたときなんざ、一本丸ごと平らげちまった」

「それだけ食べればでかくもなるよね。熊と同じだよ」

頭に即座に浮かんだのは、北海道土産の木彫りの熊だ。鮭《さけ》をくわえたヒグマの姿が、そのまま虎之助に重なった。

「十蔵は？　食べたいものって何かないの？」

「これといっては、思い浮かばんな」と、淡泊なこたえが返る。

「じゃあ今度、牛肉食べてみなよ。おいしいよ。あ、そうだ、最初はすき焼きがいいかも。明治からあるってきいたことあるし。十蔵ももう少し長生きすれば、食べられたのに」

「そう、だな……残念だ」

滅多に表情を変えない顔に、ひどく複雑な影がよぎった。一瞬のことだったが、ちょっと気になった。

「十蔵って、いつ死んだの？」

つい、たずねていたが、あまり深い考えはなかった。

「嘉永《かえい》五年だ」

「て、いつ？」

十蔵は手を止めて、律儀に顔を上げた。

「たぶん、現世では百五十……いや、百六十年ほど前であろうか」

十二歳の叶人には、そう言われても大昔ということ以外つかめない。

「おれが死んでから十六年後に幕府が倒れ、明治とやらの御世になったと爺殿にきいたが」

「明治の十六年前か……」

わかったようなふりで呟いたものの、やっぱり感覚はぼんやりしたままだ。

「じゃあ、百五十年か六十年のあいだ、どこにいたの？」

ふたりが三途の川の渡し守になったのは、現世時間の換算で、半月ほど前だとダ・ツ・エヴァは言っていた。それまで何をしていたのかと、不思議に思えたのだ。一瞬ためらうような間があいて、十蔵は短くこたえた。

「地獄だ」

え、と叶人は思わず、岸に大の字になった姿をふり向いていた。

虎之助もまた、地獄の住人だったはずだ。ダ・ツ・エヴァが以前、「また地獄に落とされたいか」と脅しをかけていたからだ。

「というても、牢屋番だがな」

地獄にもやはり、ダ・ツ・エヴァや県営王と同等の十王の配下がいて、その仕事を手伝っていたという。なるほどと叶人は納得したが、ふたりのやりとりは、河原にいた虎之助の耳にも入ったようだ。すかさず文句がとんだ。

「ったく、クソ面白くもねえ。同じ人殺しだってのに、おれは狭苦しい牢に閉じ込められて、てめえだけ放し飼いされやがってよ」

同じ人殺しという台詞が、突き刺さったのだろう。ふだんならすかさず言い返す十蔵が、逆に唇を引き結んだ。

十蔵は親殺しだと、前に虎之助がわめいていた。しかもくり返し親を殺したと。

詳しいことはきいてないし、くり返しの意味もわからない。けれど虎之助と処遇が違うというなら、たぶん情状酌量のたぐいだろう。実直な人柄にふれて、叶人はそう判断した。

「虎之助が入ってたなら、牢屋じゃなく猛獣用の檻《おり》だったたんじゃないの」

「おれは熊でも狼《おおかみ》でもねえぞ！」

「だから虎だろ」

十蔵の姿が痛々しくて、話の流れを変えるつもりもあったが、単細胞が相手だから、喧嘩をふっかけるに等しい。得策ではないと知りながら、たまにぽろりと口から出てしまう。すぐ傍に、十蔵がいるからだ。十蔵なら、必ずこの猛獣を抑えてくれる。自分でも意識することなしに、叶人は目の前の侍に、絶対の信頼を寄せていた。

その気持ちが届いたのかもしれない。十蔵は、叶人に目だけで微笑《ほほえ》んだ。

「そこの八番！　死人が待ちぼうけを食らってるよ。さっさと連れてっとくれ！」

遠くからでもよく通るダ・ツ・エヴァの声に、叶人があわてて船着場からお尻を上げた。

＊

その客を見て、ひやりとした。何故そう感じたのか、叶人にもわからない。

叶人の父親はちょうど四十歳で、それよりも十くらい老けて見える。何の変哲もない、どこにでもいそうなおじさんだった。

ただ、表情がなかった。目は虚ろで、前に立つ叶人さえ認識していないみたいだ。魂だけの存在になったというのに、その魂すらどこかに置き忘れてきたようだ。

ボケているのかな。そうも思ったが、もっと年寄ですら頭も口もしっかりしている。ボケるのも耳が遠くなるのも、いわばからだの機能の衰えだから、魂だけになると何の不自由もなくなると、県営王からはきいていた。

「おじさん、大丈夫？」

声をかけると、いま初めて気づいたように、男の目が叶人の顔の上で焦点を結んだ。

「僕、いくつだい？」

歳をきくのが礼儀だとでもいうように、生死にかかわらず、大人というものは子供に必ずこの質問をする。大人同士だと、特に女の人には失礼になるのに、おかしな習慣だと思いながらも叶人はこたえた。

「そうか、十二か……巧《たくみ》もあのときちょうど、そのくらいの歳だったな」

のっぺりと表情のなかった顔に、やさしいものがかすかに浮いた。きっと、いい思い出なんだろう。

「巧って、おじさんの息子？」

「うん、いまは十九でね」

とたんに、まるで火が消えるように、おじさんの顔が翳《かげ》った。あまりに激しい変化に、とまどうことしかできない。幸い、タイミングよく十蔵が来てくれた。しかし十蔵も、男の傍に寄ると、嫌なにおいを嗅いだように眉間《みけん》をしかめた。

「叶人、此度はおまえは、舟に乗らぬ方がよいかもしれん。この客は、何やらよくない」

こそりと叶人の耳許でささやくが、無用の心配かもしれない。男はぼんやりと突っ立ったままで、十蔵が現れたことにすら気づいてなさそうだ。

「よくないのはきっと、十三番目だからだよ」

「十三とは、何のことだ？」

「おれが一緒に舟に乗った、客の数」

「そうか、数えていたのか」

生徒の些細《ささい》な進歩を褒める教師のように、十蔵の目許がゆるむ。

常にぴしりと締まった表情が、最初はどこか冷たそうにも見えていたが、感情があまり顔に出ないだけのことだと、叶人も理解しはじめていた。侍というものは、小さい頃からそういう教育を受けていたようだ。

「他に数えるものもないからさ。眠らないから、何日経ったかもわからないだろ」

「ここは時の流れがはっきりせぬからな」

時間というのは、いわば生きている者だけが縛られ、また恩恵に与《あずか》ることのできるものだ。そう教えてくれたのは、やはり県営王だった。

「十三てフキツな数だろ？」

「そうなのか？　四は死に繋がるから不吉とされるが、十三は初めてきいた。どのような謂《いわ》れがあるのだ？」

「わかんないけど……特に十三日の金曜日はよくないって、お父さんが言ってたから」

キリストが磔刑《たっけい》に処された日だという、そもそもの謂れはもちろん、叶人の世代ではジェイソンさえ知らない。それでも十蔵は、納得がいったようだった。

「さようか。お父上の話なら、間違いはなかろう」

「不吉な数なら、さっさと済ませたいからさ」

いつもどおり舟に乗ると決めて、叶人は男に声をかけた。

「おじさん、行くよ。船着場、こっちだから」

「叶人、我らには構わぬが、客にはもう少していねいな物言いを心がけた方が良いぞ」

母親に言われるたびに、カチンときていた台詞だ。なのにこの侍から穏やかに諭されると、何故だか素直にうなずきそうになる。それがまた、カチンときた。

「よけいな口出ししないでよ。上司はおれなんだから」

「そうであったな」

おとなしく引き下がる姿に、さらにカチンは倍に増えたが、それ以上は言い返さず、客をもう一度促《うなが》した。だが、男は動こうとしない。暗い自分の中に、ふたたび埋没してしまったようだ。仕方なく、叶人はおじさんの手を引いた。

触れた瞬間、今度はぞくりとした。決して男の手が、冷たかったわけではない。魂には温度というものがない。だから死者に触れても、冷たさも温かさも感じないはずだった。

思わず手を引っ込めようとしたが、逆におじさんが叶人の手を握った。案外、力の強い大きな手だ。逃げたくなる気持ちを我慢して、そのまま歩き出す。

叶人に手を引かれ、男は黙って船着場までの道を辿った。


虎之助が棹で岸を突き、舟はこの世を離れた。

やがて此岸が視界から消え、叶人は逆を向いてみたが、やはり彼岸は見えない。川の向こう岸、あの世という場所を、叶人は一度も見たことがなかった。いくら目を凝らしても、視界の先は白く煙っていて、水と陸の境目すらもはっきりしない。

「河岸の辺りは、この世もあの世も変わらぬぞ」

以前、十蔵はそう教えてくれたが、どうやら生きている叶人の目には、彼岸は映らないらしい。

それならばと、一度無茶をしたこともあった。

彼岸にも、向こう岸とまったく同じ船着場がある。白いもやの壁から、杭に支えられた板切れだけが突き出していて、降ろされた死者はすぐにもやの中に消えてしまう。あるとき叶人は、それを追ってみた。虎之助が舟を岸から離す、その瞬間を狙《ねら》い、船着場にとび移ったのだ。

「いかん、叶人！」

背中で十蔵の声がしたが、構わず叶人は軽い靴音をさせながら板の上を走った。

だが、行けども行けども板切れでできた一本道は終わらない。さすがに妙だと思い減速すると、すぐに十蔵に追いつかれた。

「何という無茶なことを。うっかり彼岸に迷い込めば、二度と戻れぬかもしれんのだぞ」

「そう、がみがみ言うなよ。ちょっと見物したかっただけなんだから」

叶人はそうとぼけたが、このままあの世とやらに行ったとしても別にかまわない。そのくらいの気持ちはあった。

十蔵はそれを見抜いたのかもしれない。滅多に見せない怖い顔をした。

「叶人は、死にたいのか？」

「別に、そんなんじゃないって。ま、どっちでもいいけどさ」

十蔵の顔が、雷をはらんだ空のように、さあっと翳った。ぶたれる、と、とっさに叶人は身を固くした。

まったく同じ表情を、叶人は見たことがある。ずっとずっと前、たぶん小学校へ上がったばかりの頃、父親に叱られた。あの頃はお菓子だの玩具だの、よく弟の颯太ととりあいになった。お兄ちゃんなんだから、譲ってあげなさい。母にそう諭されて、頭に血が上った。別に好き好んで、上に生まれたわけじゃない。

——颯太なんて、生まれて来なければよかったのに！

目の前の父親の顔が様変わりして、大きな右手がふり上がった。けれどその手は叶人の頬をぶつことはなく、ゆっくりと下ろされた。

あのときの父親と同じに、十蔵は叶人をぶったりはしなかった。

「生者は彼岸には渡れぬ。彼岸を拝むことすらできぬ」

喉から絞り出すようにそう言って、くるりと向きを変えた。

妙に大きく映る背中を追いながら、叶人はいま駆けてきた板の道を逆に辿った。

この前のことを頭で反芻《はんすう》しているうちに、舟はだいぶ先まで進んだようだ。

「彼岸が見えたぞ」

舳先に立つ虎之助が告げたが、叶人にはやっぱり白い煙の壁しか見えない。

「そろそろ、手、離してくれない？」

おじさんは、舟に乗ってからも叶人の手を離そうとはしなかった。何度か引っ込めようと試みたものの、そのたびにおじさんの虚ろな目とぶつかって、諦めた。

間近で見ると、虚ろというより悲しい目だ。

こういうの、何て言うんだっけ……シアイ、じゃなくて、そうだ、ヒアイだ。

おじさんの瞳は、ただ悲哀に塗り潰されていた。無理に手を引くのはやめて、おじさんがもう片方の手で胸に抱えている、地蔵玉に目をやった。

「それ、きれいだね」

一見すると白だが、わずかに白濁して、それでいて光沢がある。よく似た色を、叶人は知っている。母親が身につける白い玉のネックレス。男の抱える地蔵玉は、ちょうど大きな真珠のようだった。

地蔵玉の色は、ひとつとして同じものがない。色もさまざまで、何色も混じっているものも多い。くすんでいたり光っていたり、中にはまん丸ではなく形がゆがんでいることもある。ただ、そのどれもが、死者にとっての大事な思い出に繋がるようだ。

舟の上で客と話すうち、叶人にはそれがわかってきた。

「何の色？」

たずねると、舟に乗ってから、初めておじさんの唇がうっすらとほころんだ。

「これはね、男と男の約束の色だよ」

決して堅い調子ではなく、いとおしむような肌触りの声だった。やはりこの真珠色は、大切な記憶の象徴みたいだ。さっき此岸できいた話が、思い出された。

「男と男の約束って……ひょっとして、相手はおじさんの息子？」

「うん、巧はちょうど、君くらいの歳だった」

「どんな約束？」

「言わない約束さ」

だから教えてはあげられないと、目を細める。知らぬ間に、気を張っていたようだ。おじさんの楽しそうな顔を見て、叶人の緊張がほぐれた。

「あの頃は、こんなふうに死ぬなんて、夢にも思ってなかったよ」

「こんなふうって？」

何気ない、問いだった。話の流れで、ことばの端をくり返したに過ぎない。

だが、それは、あけてはならないパンドラの箱の鍵となった。

叶人の手を握っていたおじさんの手が、するりとほどけた。

あれ、と急に軽くなった手をながめる。ほどけた男の手を探し、そのまま視線が隣へとたどり着く。とたんに、わっ、と大声をあげていた。

「おじさん……その、怪我……」

長いパジャマのような白い衣の前が、真っ赤に染まっていた。首の横に大きな傷が口を開き、血はそこからあふれ出している。首からはねた血が、顔にも点々と赤い飛沫《ひまつ》を散らしていた。

「どうして……いつのまに……」

いまのいままで、そんな傷などなかったはずだ。だが、舳先にいた虎之助が、呆《あき》れたようにふり向いた。

「何だ、いま頃気づいたのかよ。遅えんだよ、小僧」

「……もしかして、虎之助には、最初から？」

「ああ、はなっから見えていた。血みどろのそいつの姿はよ」

「そ、そっか」

口がこわばって、ことばがうまく出ない。知らず知らずに、からだがどうしても隣から離れたがる。しかし幅のない舟には逃げるスペースはなく、尻を舟の側面にぺたりとくっつけ、上半身だけが水の上にななめにせり出す。その姿を、虎之助が笑う。

「何だ、てめえ、血が怖いのか？」

「そんな、じゃ……」

憎まれ口はおろか、叫び出さないようにするのが精一杯だ。叶人は歯を食いしばり、必死で堪《こら》えたが、虎之助は小馬鹿にしたようににやりとする。

「血まみれのそいつと、平気な顔で並んでるから。少しは骨のある奴かと思や、ただの間抜けな腰抜けじゃねえか」

「そのくらいにしておけ、虎之助」短く制し、十蔵は憂《うれ》うような眼差しを叶人に向けた。

「やはり此度は、連れてくるべきではなかったな」

十蔵も、知ってたの？　声が出ないから目だけで問うと、十蔵はうなずいた。

「虎之助のように、見えるわけではないが……ただ、金気《かなけ》くさいにおいはしたからな」

舟に乗る前、十蔵が顔をしかめ、叶人の同乗を拒もうとしたのもその理由のようだ。

「おい、親父、そいつは刀傷だろ？　まっとうな堅気に見えるが、どこぞで喧嘩の巻き添えでも食ったのか？」

虎之助が、薄笑いでたずねた。この男だけは、神経の太さも走り方も、常人とかけ離れている。おじさんは悲しげに、ゆっくりと首を横にふった。

「巧に、やられたんだ」

えっ、と叶人は、赤い斑点の散った顔を、まじまじと見詰めた。

「巧って……おじさんの、息子、だよね？」

「どうして……こんなことになってしまったんだろうな」

ガタッと、舟の後方から大きな音がした。

すがるようにして片手で櫂を握りしめたまま、十蔵がひざまずいていた。けれど虎之助は容赦がない。

「おい、きいたかよ、てめえのお仲間だ。親殺しってのは、いつの世にもいるもんだな」

親殺しという字面が、画面にクローズアップされたように叶人の眼前に迫った。きいてはいたけれど、真面目でイイ人の十蔵には、そんな片鱗《へんりん》など微塵《みじん》もない。だから叶人も、ほとんど気にしなくなっていた。

だが十蔵は言い返すこともせず、青ざめた顔をうつむけて、吐くのを堪えてでもいるように片手で口を覆っている。虎之助は図に乗って、ここぞとばかりに調子を上げた。

「この親父の息子も、てめえと同じ医果持ちかもしれねえな」

「もうやめろよ、虎之助。しつこいよ」

十蔵のようすは、ただ事ではない。見かねて叶人が口を出したが、脳細胞まで筋肉でできているような男には、まったく通じない。

「てやんでえ、しつこいのはヘボ侍の方だ。こいつはな、七度も親を殺したんだぞ」

「だから七度って、何さ。親はふたりだけなのに、七回も殺せるわけないだろ」

「わかんねえ奴だな」虎之助の顔に、苛立《いらだ》ちが深まる。「生まれ変わるたびに、毎度親を殺す。こいつはそういう因果を背負ってんだよ！」

「生まれ変わるたび……いつも、親を？」

そろりと舟の後尾を窺《うかが》うと、うずくまったままの姿が見えた。まるで虎之助のことばに殴られでもしたように、苦しそうに肩で息をしている。それでも虎之助はやめようとしない。

「七度じゃ済まねえかもしれねえ。そっから先は数えられねえからな」

「どういう意味だよ」

「おれたちが、それより前を覚えてねえからだ。彼岸へ渡るとよ、前の生まで思い出すんだが、七つより前は出てこねえ」

覚えている限りのすべての生で、十蔵は親を殺したと、虎之助はせせら笑った。

「この前んときはごていねいに、親を始末してからてめえの腹をかっさばいてよ。切腹って知ってるか？」

「一応」

「侍ってのは、とにもかくにも切腹が好きでよ。どうせ死ぬのは一緒なんだ、打ち首でも磔でも変わらねえと思うがな、何か事を起こすたびに腹を切りたがる」

　自分の腹を切るなんて、痛いに決まっている。どうせならもっと楽な方法にすればよさそうなものだ。しかし、武士が命より大事なものは家や自身の誇りを守ること、つまりはプライドだ。切腹以外の死に方は、彼らにとっては恥辱以外の何物でもないことを、叶人は知らなかった。

　ただ、十蔵が二十一という若さで死んだ、その理由だけは呑み込めた。十蔵の姿形は、そのときのままだ。

「何遍生まれ変わっても、やることはいつも同じだ。何とも厄介な因果だと思わねえか？　おそらく七代より前に、どえらい罪でもしでかした報いだろうが……ちっ、またか」

　ねちねちと十蔵をいたぶり続けていた虎之助が、棹を握りなおし水面を覗き込んだ。

「来るぞ」

　何が？　と問いかける間もなく、舟が大きく横に揺れた。川が荒れたのは、寺崎留里の母親を乗せたとき以来だ。ただ、揺れ方が違う。あのときは正面からまっすぐ、底を突き上げるような波が来た。今度は真横から、まるでブランコでも漕ぐように大きく左右に舟が揺さぶられる。ちょうど地震の横揺れのような、気持ちの悪い感触だった。

両手で必死に船縁にしがみつきながら、その目の端におじさんが映った。船底に寝そべるように倒れながら、両の目はやはり何も見ていない。ただその口は、何か呟いている。

「因果、なのか……息子に殺されるなんて、いったい何をどう間違ったんだろう」

「さよう……いったい何の因果で、親を殺さねばならぬのか」

おじさんの呟きに、応える声がある。

「十蔵？」

客と同じ抑揚のない低い声は、櫂にしがみつく十蔵からもれていた。

「何がいけなかった」

「何の因果が」

「どうしたらよかったんだ」

「どうすれば抜け出せる」

男のことばを十蔵がなぞる。リフレインが、いつまでも止まない。

「十蔵、しっかりしろよ！」

叫んだ瞬間、視界がくるりとまわった。

ひときわ大きな横波に、獣の牙のような細長い舟は、あっけなく船底を水面にさらした。

叶人が知っている水は、海かプールだけだ。三途の川は、そのどちらとも違っていた。とにかく視界が暗い。日の光が水面から射さないためだろう、前後左右どころか、上下もわからない。ただ流れもゆるやかだから、どうにか慌てずに済んだ。この前は水に落ちる瞬間、気を失ってしまったが、スイミングスクールには低学年の頃から通っていた。水泳はそこそこ得意だ。いったんからだの力を抜いて、何となく浮いたように思える方角を目指して、ひたすら足をばたばたさせた。

方向が間違っていたんだろうか、ふと不安になったとき、急に視界が晴れた。

一瞬、わけがわからなくなって、水面に顔を出したままぽかんとする。

「なんだ、小僧、泳げんじゃねえか。探しに行く手間がはぶけて、よかったがな」

首をまわすと、見事にひっくり返った舟の傍らに、虎之助と十蔵がいた。

波はすっかり収まっていて、平泳ぎでゆっくりとふたりのもとに行く。

「なにせこの野郎が、てんで役に立たねえからよ」

船底に張りつくようにして、めずらしく仲良く並んでいると思ったら、十蔵は虎之助に抱えられながら、激しく咳《せ》き込んでいる。

「大丈夫？　水、飲んだの？」

三途の川は、コップ一杯でたちまち腹痛を起こしそうだ。どう見てもからだに良さそうな水じゃない。自分たちにからだがないことを忘れて、叶人は十蔵を覗き込んだ。幸い、水に落ちて正気をとり戻したようだ。

「……平気だ、叶人。かたじけない」

「おい、礼を言う相手が違うだろうが」

虎之助はすかさず謝意を強要したが、叶人はもっと大事なことに気がついた。

「虎之助、おじさんは？　まさか、どっかに流されたんじゃ……」

「心配ねえ、死人はあそこだ」

虎之助が親指で示した先に、白いものがぷかりとしている。おじさんが、水に顔をつけた状態で水面に浮いていた。

「ちょっと、溺死体になってるじゃん。早く助けないと！」

「死人なんざ、あのまま放っといても此岸に辿り着くんだがな」

叶人は今度はクロールで泳ぎ出し、ぼやきながらも虎之助が続く。途中で叶人を抜いた虎之助が先にタッチを決めて、おじさんのからだを返す。気を失っているわけではなく、目は虚ろにあいたままだ。気味悪く思いながらも、叶人は、あれ、と気がついた。

「血が消えてる」

まるで川で洗濯でもしたように、赤い色はきれいになくなっていた。

「地蔵玉がねえからな」と、虎之助がこたえる。今度は虎之助にも、同じように見えているようだ。「今度こそとっ捕まえてやろうと、気配を追ったんだがな」

この真っ暗な水の中では、いかに虎之助でも見つけるのは至難の業だろう。しかも今回は、ひときわ逃げ足が速かったと舌打ちする。

「まるで水底まで一本道でもあるみてえによ、早飛脚なみに一目散だ」

「また、探しにいかないと」

「あのお荷物を連れてかよ」

おじさんを片腕で抱きかかえて水をかく虎之助が、顎で前方を示す。

視線の先には、未だ表情に翳りを貼りつけたままの十蔵がいた。

「あいつも、可哀相な男でねえ」

少し離れた場所に、ぽつんとたたずむ十蔵を、ダ・ツ・エヴァがながめやる。台詞の中身とは裏腹に、いつものごとくさばさばとした口調だ。

「いっそ虎之助のように、罪の意識なぞ感じない野蛮人なら楽だったんだろうがだ」

「あいつは、脳細胞まで筋肉でできてるからね」

大いに同意するように、ダ・ツ・エヴァがひとまず深くうなずく。

虎之助は常のとおり河原で寝ころんでいて、県営王は傍らでタッチパネルを操作している。

三人を現世に送るには下準備が要る。そのあいだ叶人は、十蔵についてたずねてみた。

「十蔵は生まれついての孝行者でね、これも毎度のことさ。親を死なすのが辛くてたまらない、いつだって罪の意識に苛《さいな》まれちまうんだよ」

「それって、本当は殺したくないってこと？　なのにどうして毎回そうなるのさ」

「それが因果ってもんでね」

決して親を憎んだり恨んだりするわけではなく、毎回やむにやまれぬ事情がふりかかり、同じ結末に至るという。

「たとえば病で苦しむ親に涙ながらに頼まれて、楽にしてやりたい一心で息を塞《ふさ》いだり」

「安楽死だね」

「酒癖のひどい父親が、酔うたびに母親や妹を殴る蹴るする。ある日とうとう耐えかねて、というのもあったね」

「いまでもよくきくよね」

「ただ、もっとも多いのは、敵味方に別れちまう場合でね」

戦や権力争いに巻き込まれ、親子が敵同士になることは、古い時代には少なくなかった。特に武士には決してめずらしいことではなく、主の命なら、たとえ親や子でも討たなくてはならないという。

「それって、家族より会社の上司命令が優先てこと？　納得いかないな」

「命令をきかないと、一族郎党、つまりは家族はもちろん、親戚一同から友人知人まで殺されるとしたら、どうだい？」

「それは……困る」

現代に生きる叶人には、信じ難い話だ。だが、実際に十蔵は、何度もその状況に立たされてきた。十蔵が覚えている七度の輪廻のうち、侍として生きたのは、実に六回を数えるという。

「魂ってのは案外頑固だと、前にそう言ったろう？　次はまったく別の人生をと望んでも、前の生とあまりにかけ離れたからだや環境には、定着し辛いんだ」

「そういえば、おれの魂の容れ物も、おれによく似てる」

叶人が気がついて、そこから話題がそれた。

「じゃあ、人間が動物に生まれ変わることもないの？」

「それこそ容れ物の寸法が、まったく違うからね」

あり得ないと、ダ・ツ・エヴァが請け合う。二度と人間には生まれ変わりたくないとか、次は猫になって日がな一日のんびり暮らしたいとか、口ではそういう者もいるが、意識下ではまた人として生まれたいと望んでいる。それは他の動物にも言えて、犬も猫も象もクリオネも、やはり同じ種に生を得るという。

「もともと魂はひとつだから、自ずと姿形や気質は似通ったものになる」

「何度やっても同じ人生なら、意味ないと思うけど」

「ところがだ、そこに時が絡むと、まったくの別物に化けるんだよ」

もしも叶人が同じ叶人のまま生を受けても、十蔵や虎之助がいた江戸時代や、あるいはいまから百年先に生まれたとしたら、当然のことながら、いまの叶人の生活とは似ても似つかないものになる。時の流れは決して止まることがなく、生きている者を等しく先へとはこぶ。だから現代ではごくごくふつうの小学生として過ごし、このままいくとふつうの会社員になりそうな叶人でも、半世紀前後するだけで境遇ががらりと変わるという。

「時代の流れって、よく言うだろう？　うまく乗れる者は大金持ちになり、要領の悪い者は掃き溜めのゴミになる。誰もがそう勘違いしているようだが、そうじゃない。生まれたときのその時代に、魂が合うか合わないか、いちばん大きいのはそこなんだ」

「いまは会社の社長でも、来世はホームレスとか、その逆もあるってこと？」

そういうことだ、とダ・ツ・エヴァが首をふり、金糸のような髪が揺れる。

「だいたい七度生まれ変われば、一度や二度は大きな運をつかむ。歴史というのは、そういうふうにできていてね」

「確率、低くない？」

「逆に一、二度は不運に見舞われ、残りは波のない、まあ、満足のいく生涯といえるだろう。ならしてみると、そう開きはなくってね」

死者が七回まで生を記憶できるのも、そのためのようだ。

「ただし、運を左右するのは魂だ。魂だけは替えがきかないからね」

と、ダ・ツ・エヴァは、調子を変えた。声がそれまでとは、違うものを含んでいた。

県営王が衣領樹で判断するのは、犯した罪だけではない。壁や危難をどう越えたか、魂がどこまで強くしなやかに育ったか、それを見るためでもあるそうだ。

「うまくいかずに早々に諦めて、己の人生を投げちまえば、来世に響くのはもちろん今生《こんじょう》の運すら逃す……言ったろ？　五十年経てば歴史が変わる。ジジイになってから運をつかむ者もごまんといる」

ダ・ツ・エヴァが本当は何を言いたいか、叶人にもわかっていた。だけど説教なんて、きく気はない。半世紀先なんて、いまの叶人には何億光年も離れた宇宙に等しい。

「じゃあ、十蔵は？」

　下からにらむように見上げると、薄緑色の大きな瞳とぶつかった。

「十蔵は、どうなのさ。あの性格ならきっと、簡単に投げたり諦めたりしなかったんだろ？　なのに結果は、いつも同じじゃないか」

　ペリドットに似た薄い瞳の色が、何故だかいっそう薄く見える。相手をどこか小馬鹿にするような、常に宿している かすかな嘲笑《ちょうしょう》が、そのときは消えていた。

「あれは、違う」

「違うって、何が？」

「あの男はいわば、まっとうな輪廻から外れた者だ」

「どうして、そんなことになったんだよ。過去によっぽど悪いことでもしたのかよ。でも、それなら虎之助みたいに地獄に落ちてもいいはずだろ」

　こたえを拒むように、長いまつげに縁取られたまぶたが、ゆっくりと降りる。叶人は、質問を変えた。

「七回生まれ変わって、同じ不幸に見舞われた。でも本当は、もっと多いんじゃないのか？　いったいいつからはじまって、どうしてそんなことになったんだよ。あいつの背負った因果って、何なんだよ！」

真っ赤な口紅を引いた唇は、閉ざされたままだったが、傍らから別の穏やかな声がした。

「きこえてるよ」

手配を済ませたらしい県営王が、画面から顔を上げていた。肩に埋もれて見える顎を小さく上下させ、叶人に示す。十蔵が、こちらを向いて立っていた。

「本人ですら、理由を知らされていないんだ。記憶から消された過去は、教えてはならない決まりでね」

「何とかならないの？……あれじゃ、かわいそうだよ」

「まあ、たしかにね。ひとつだけ言えるのは」

と、県営王は、低い団子鼻から、中指で眼鏡をもち上げた。

「くり返される悲劇は、あの男自身の罪じゃない。人間には動かしようのない、大きな力がかかっていてね」

地獄に落ちないのはそのためだという。

ダ・ツ・エヴァが、らしくない湿っぽいため息をついて後に続いた。

「だけどあいつは、ああいう性分だろ？　己の業の深さに、ほとほと嫌気がさしちまってね。百六十年前、最後の生を終えたとき、生まれ変わりを拒んだんだ」

以来、十王配下の仕事を手伝うようになり、地獄の牢番もその役目のひとつだった。

どんよりとただよっていた空気を払うように、ダ・ツ・エヴァはそこで調子を変えた。

「無駄話は仕舞いだよ。じきに出立だと、あの唐変木に伝えておいで」

トウヘンボクといえば虎之助のことだと、叶人の中では定着しつつある。

「うん……」

それでも叶人はふんぎりがつかないように、いまは衣領樹を仰いでいる十蔵をながめた。

「頼りのあいつが腑抜けてちゃ、てめえひとりでバカ虎を抑えられない。不安かい？」

「十蔵の分は、おれが頑張るけどさ」

「上等だ」

ダ・ツ・エヴァは満足そうに、腰に両手を当てた。

「どうしたら、元気出るかな……」叶人は呟いた。

また画面に顔を戻していた県営王が、指を動かしながらふいに言った。

「子殺しと親殺し、どちらが罪が重いと思う？」

「え？」

すぐには、こたえられない。たぶん、大人だってとまどう質問だ。

「子殺しや親殺しが起きるのは、どうしてだと思う？」

すぐに次の問いが重なり、ますますこたえに窮する。

「もし、君がここに戻るまでにこたえを見つけたら、十蔵の因果を教えてあげよう。もちろん彼自身にもね。たぶん、少しは気も収まるだろう」

「懸衣翁」

咎めるようにダ・ツ・エヴァは眉をひそめたが、叶人は勢いよく叫んだ。

「本当？　約束だよ！」

叶人はすぐに向きを変え、河原に走った。

「おーい、トウヘンボクー、出掛けるってさ」

「誰が唐変木だ！」

むっくりと起き上がった虎之助が、拳をふり上げた。

＊

三人が送られたのは、埼玉県の西寄りに位置する場所だった。

四を抜かして一番から九番まで、八艘の舟があるが、十蔵と虎之助が操る八番舟と隣の九番舟の二艘は、関東に位置する一都七県の死者を担当していた。都内だけでも結構な数にのぼるはずで、しかも原則ひとりしか運べない。初七日に川を渡すとなると、もしも災害でも起きたら、とても間に合わないように思える。

だが、ダ・ツ・エヴァは、すまして言った。

「時は生者のためだけのものだからね、ここではどうとでもなる」

「じゃあ、初七日とか意味なくない？」

「逆さね。死者を乗せた舟が、最初に川に漕ぎ出したときが、現世では死んでから七日目ということになる。そこは動かせなくてね。だから地蔵玉探しができるのは、その日一日限りだ。真夜中を過ぎたら、おしまいだよ」

地蔵玉探索のあいだは、当然現世の時間が流れることになる。夜中の十二時までなんて、シンデレラみたいだが、県営王の魔法で着いたところは、お城とは程遠い場所だった。

「うわ、すごい田舎」

住所は市になっていたから、都心のようにビルが林立する風景を頭に描いていたが、ビルなど一本も見当たらず、本物の木の方が断然多い。この一帯は南北と西を山に塞がれており、市の外れにある住宅街は、傾斜の強い坂の途中に作られて背後は林になっていた。

「『中橋啓《なかはしさとる》』。ここで間違いないみたい」

表札には、舟に乗せたおじさんの名前があった。他にふたつ名前が並んでいる。真弓《まゆみ》と巧。

巧は息子だときいていたから、真弓はたぶん奥さんだろう。

青い屋根に白い壁、どこにでもありそうな一軒家だが、築年数は結構古いようだ。屋根の青は色褪《いろあ》せて、白い壁にはところどころ絵に描いた雷みたいに亀裂が走っている。

だが、何ともいえない荒れた雰囲気は、家の古さが理由だけではなさそうだ。都内の一軒家にくらべると、かなり広い前庭があり、背の低い植え込みや煉瓦で囲った花壇らしき残骸が残っている。かつては手入れをしていた片鱗が窺えるが、もう何年も打ち捨てられた廃墟のような、無残な姿をさらしていた。

「十時五分前、あと十四時間と五分か」

叶人が左腕を覗き込む。黒に赤のラインが入った腕時計は、子供用とはいえ本格的なスポーツタイプのものだ。前から欲しかったやつだから、借り物でもちょっと嬉しい。機能を色々と試してみたいが、あいにくとその暇はなさそうだ。

「いつまでぼさっとしてんだよ。とっとと入ろうぜ」

虎之助から文句がとぶ。逆に十蔵は、どうしても足を踏み入れたくない幽霊屋敷の前にでもいるように、気がすすまない顔で黙っている。

「地蔵玉、ある?」叶人は虎之助にたずねた。

「いや……たぶん、ない」

前回は、ツーフロア上の屋上にあった地蔵玉を察知したくせに、妙に歯切れが悪い。

「何やら気味の悪いものが立ち込めててよ、玉の気配が掴みきれねえ」

虎之助が、嫌そうに顔をしかめ、叶人はあらためて二階建ての中橋家をながめた。

残暑は相変わらずだが、今日は雲が重く垂れこめている。そのせいか、ひっそりと静まり返った家が妙に不気味に思えて、虎之助の言ったことがやけに気にかかる。

——あのおじさん、ここで殺されたのかな……。

この前は県営王も、自信を持って叶人たちを地蔵玉が落ちた場所へと送り込んだ。寺崎留里の入院していた病院だ。しかし今回は、それが特定できなかった。

「確率の問題でね。候補がいくつもあり過ぎて、ひとつに絞れないんだ」

それでもおじさん——中橋啓が暮らしていたこの家が、もっとも確率が高そうだと、県営王は三人をここに転送させた。あとは叶人たちの、探索の腕にかかっている。

もしも、今日の真夜中のリミットに間に合わなかったら——。

「どうなるの?」叶人は県営王にきいてみた。

「七日のうちに三途の川を渡れない魂は、迷うんだ」

この此岸と現世をうろうろと彷徨《さまよ》う、いわば幽霊になるという。正気を保っていられるなら、幽霊も悪くない。だが迷う魂は、怨《うら》みつらみや心残りを抱えている。行動を制御するからだをも失って、やがては人外のものになり果てる。

叶人は、ぶるっと身震いした。自分たちの不手際で悪霊を増やすなんて、それこそ寝覚めが悪過ぎる。それに――、と叶人はこの家の主だったおじさんを思い出していた。

血にまみれた姿のときですら、感じたのは怨みや怒りではなく、深い悲しみだけだった。それすら輪郭がぼやけた茫漠《ぼうばく》としたもので、不意に生を終えたとまどいに茫然自失しているようにも見えた。

あんな悲しい幽霊を、増やしたりするもんか。

鼻からふんと息を吐き、叶人は呼び鈴を押した。

家の中から、たしかにピンポンの音がする。けれど何の応答もなく、玄関のドアは固く閉ざされたままだ。

「すいませーん！　ごめんくださーい！　誰かいませんかー」

途中から自棄《やけ》になって、ドアを拳でたたきながら声を張り上げた。それでも家自身が息をひそめているように、ひっそりと静まり返ったままだった。

「やはり、留守なのではないか」

十蔵が、初めて口を開いた。その声は、どこかほっとしている。

「いや、誰かいる」

虎之助が低く断言したとき、玄関の磨りガラスの向こうで何かが動き、カチャリと小さな音がして扉が薄く開いた。

「どなた、ですか」

虫みたいな、弱々しい女の声がして、ドアの隙間から怯えた顔が覗いた。チェーンをかけたままだから、顔の両端が切れている。そのせいか一瞬、死んだおじさんかと錯覚した。

歳格好からいって真弓という奥さんのようだが、生気のないぼんやりとした瞳は、それほど夫に酷似《こくじ》していた。

中橋啓の家かと確認すると、相手が子供なのが意外なのだろう、怪訝な表情をしながらも相手はうなずいた。

「おれ、じゃない……僕たち前に、おじさんにお世話になったことがあって」

子供の寺崎留里でさえ、なかなか信じようとしなかった。大人相手にいきなり、三途の川だの地蔵玉だの告げたところで、新興宗教の勧誘かと警戒されるのが関の山だ。方便と呼ぶ嘘を考えるようにと、県営王からアドバイスされていた。

「だからおじさんの仏壇に、お参りさせてほしいんだ。お葬式には間に合わなかったけど、ひと言お礼が言いたくて」

子供がこんな殊勝な台詞を吐けば、まず断る大人はいない。我ながら名案だとひそかに自負していたが、しかし返ってきたのは、まったく予想外の反応だった。

「……何、言ってるの。主人が死んだなんて、縁起でもないこと言わないでちょうだい！」

え、と叶人は、ぽかんと口をあけた。

「主人は、ちゃんと生きてます。……仕事で、しばらく単身赴任しているだけで……」

もしかして、まだ夫の死を知らないのだろうか――。そんな考えもよぎったが、それまでどこかぼんやりしていたおばさんの目は、異様に血走っている。口から泡をとばさんばかりの勢いで、夫は死んでいないと力説する。その必死の形相が、疑いを呼びよせた。

まさか――。

その仮定に突きあたり、背中が一気にざわりと総毛立った。

「おばさん、息子は？　巧って息子、いるだろ？　いま、どこにいるの？」

「巧には、何の関係もないわ！」

ヒステリックな金切り声は、否定ではなく自白だった。叶人はようやく、すべてが呑み込めたように思えた。

「とにかく主人が死んだなんて、そんなデマを吹聴したら承知しないわよ！　さっさと帰ってちょうだい！」

勢いよく閉められようとしたドアに、何かがはさまり、ガツンと音がした。

「おい、ババア。こちとら、のんびりしている暇《いとま》なんぞねえんだよ。とっとここをあけやがれ」

ドアの隙間にがっつりと食い込んでいるのは、虎之助の足だった。鼻緒のついたビーチサンダルだから、素足と大差ない。音からすると、結構強くドアの角と激突したはずなのに、まったくこたえていなさそうだ。

玄関の枠とドアに、それぞれ両手をかけて、力任せにこじあけようとする。唯一の防衛線たるチェーンが、みしみしと悲鳴をあげた。鎖は切れなくとも留め金の方が壊れそうだ。隙間から見えるおばさんの顔が、恐怖にひきつった。

「やめろ、虎之助、無茶をするな」

さすがにまずいと察したのか、十蔵が止めに入るが、この前より全然迫力不足だ。叶人はあわててフォローにまわった。

「壊さなくても、あける方法がある。北風と太陽だよ」

「何だ、それ？」

イソップ物語は知らなくとも、案外興味は引いたようだ。虎之助が、力を抜いた。

「まあ、見てなって」

叶人は自信たっぷりだが、それまで声もなく怯えていたおばさんが、にわかに元気をとり戻し、金切り声をあげた。

「何なの、あなたたちは！　これ以上居座るつもりなら、警察呼ぶわよ！」

「呼びなよ、警察」

冷静な叶人の声に、扉の奥の顔が、たしかにこわばった。

「警察呼んで、困るのはおばさんだよね？」

「あなた、何を……」

精一杯叶人をにらみつけるが、声はしだいに尻すぼみになる。

「おれたちを、中に入れてくれない？　おじさんのことで、ききたいことがあるんだ」

頑固な立て籠もり犯みたいに、おばさんは動かない。仕方なく、最後の交渉術を使うことにする。

「入れてくれないなら……こいつに、窓ガラス全部割らせるよ。きっと近所の人が、一一〇番通報してくれる」

立派な器物損壊に、下手をすれば住居不法侵入や傷害罪までおまけにつきそうだ。いまどき暴力団だって、そんな真似はしない。おばさんの顔が驚愕《きょうがく》に固まって、目玉はおそるおそる虎之助に向けられる。こいつならやりかねないと、ひと目で察したようだ。

「中に入れてくれたら、警察には電話しない。何をきいても何を見ても、誰にも言わない。

約束するよ」

しばしの逡巡《しゅんじゅん》の後に、かさかさに乾いた唇が開いた。

「足を、どけてちょうだい。チェーンを外すわ」


玄関を入ると、虎之助はすぐに階段を見上げた。狭いホールの左側に階段があり、右側の廊下は一階奥に続いていた。

「見つけたの？　虎之助」暗に地蔵玉かと叶人はたずねた。

「いや、玉はねえ。ただ、人の気配と……」

「二階には、誰もいないわ！」

おばさんが、あわてて叫んだ。

化粧気のない顔に、白髪の多い髪を首の後ろでひとつに束ねている。

否定したが、あきらかに怪しい。三人家族から夫婦を引くと、残るはひとりだ。

「二階にいるの、息子さんだよね？」

「違うわ、巧は友達の家に、遊びに行っていて……」

「それは、どういうことだ？」

背中から、十蔵の低い声がした。決して大きな声ではない。なのに凄みがあった。十蔵は、本気で怒っているようだ。

「身内を、父を、殺しておきながら、遊びに出るとはどういうことかときいておる！」

まるでその瞬間、電気が通されたように、おばさんのからだがびくびくっと震えた。大きく見開かれた目には、底なしの闇しか見えない。

「おじさんは、息子さんに殺されたんだろ」

「……巧は、何も……」

反論を試みたおばさんの唇が、叶人の視線とぶつかったとたん震えながら閉じられた。ことば以上に、確信に満ちた眼差しが痛かったようだ。

「なのに警察には届けてない。そういうことだよね？」

寺崎静恵の地蔵玉が、娘の留里に張りついていたように、中橋啓の玉もまた、巧という息子のもとに落ちたのではないか。叶人はその推測を、県営王の前で口にした。彼もまたうなずきながら、三人を送る場所をこの中橋家に決めた。

だが、よくよく考えれば、それはおかしい。

死んだ当人が口にしていた以上、中橋啓が息子の巧に殺されたのは間違いない。

それなら巧は、今頃当然、警察にいて然《しか》るべきだ。なのに県営王は、ここに三人を送り込んだ。息子の居場所がここなのだと、叶人たちに暗に示したに等しい。

中橋巧は、父親を殺しておきながら、警察に出頭することもせずどこかに――、たぶんこの家に隠れたままだということだ。そこまで考えて、ふいに叶人はぞっとした。

警察が巧を逮捕しないのは、犯罪自体が明るみになっていないという意味だ。

「おばさん、おじさんの死体はどこ？」

中橋真弓のからだが、ふたたび痙攣《けいれん》した。それでも頑迷に黙秘をとおす。

「仏があるとしたら、上だな」虎之助が階段を仰いだ。「血のにおいが、ぷんぷんしやがる」

「かすかだが、金気くさいにおいはおれも感じていた。たしかに、この上からだ」

十蔵も同意して、三人は階段を駆け上がった。

「違うわ！　お父さんは、二階にはいないのよ！」

三人の背中に、悲鳴のようなおばさんの声が追ってきた。

ふたりの鼻が確かなことは、二階に上がってすぐにわかった。

階段を上がると、両側に廊下が延びていて、左手のドアの前に痕跡が残っていたからだ。拭きとっても拭いきれなかったのだろう。年季が入ってだいぶ黄ばんではいるが、もとは白かったはずの廊下の壁紙に、いくつも薄茶色のしみが残っていた。

大人の手の平くらいの大きなしみがふたつと、さらに飛沫のように何十も散った小さなしみ。よく見ると、板張りの廊下の床を縦に走る浅い溝も、赤黒い汚れで塞がれていた。繋げると、大きな血溜まりの跡だとわかる。

「あのおじさん、きっとここで殺されたんだ」

舟の上で見た、血まみれの姿が否応なく頭に浮かぶ。

事件現場の前には、ぴったりと閉ざされた茶色の扉があった。

「この奥だ」

中からはこそりとも音がしないが、虎之助は人の気配を感じたようだ。叶人はドアをノックしながら声をかけてみた。やはり何の応答もない。苛立った虎之助が、足でドアをひと蹴りする。

「さっさと出てきやがれ、いるのはわかってんだよ！」

「そうわめくなよ、虎之助。逆効果だって」

「何だ、この板戸は。どうやってあけるんだ？」

「ノブだよ。ノブまわさないと。違うって、襖《ふすま》じゃないんだから、横に動くわけないだろ」

銀色の取っ手の存在を教えても、虎之助はそれを持ったまま押入れみたいに横にスライドさせようとする。ノブをまわすタイプのドアは、江戸時代にはなかったようだ。

「もう、ちょっとどいてよ……あれ、鍵がかかってる」

虎之助を脇にどけ、叶人がノブをまわしてみたが動かない。部屋の住人は、三人を招き入れるつもりがまったくないようだ。

「ふん、そっちがその気なら、容赦はいらねえな」

「何するつもり？」

「こんな板戸、蹴破れば済むことだ」

止める間もなかった。虎之助は、邪魔な叶人を押しのけて、浮かせた右足をドアの真ん中にたたきつけた。バキッと木の裂ける音がして、ドアノブの横に見事に穴があいた。まるで空手の有段者の技を見ているようだ。つい感心して見惚《みと》れていたが、さらに穴を広げようとする虎之助をあわてて止めた。

縦長の穴から手を突っ込むと、中のノブに届いた。駅や公園の古いトイレに時々見かける、内側のノブにつまみのような鍵がついていた。横になっていたつまみを、手探りで縦にまわす。外から試してみると、今度はノブは難なくまわった。

そのままドアを押して、内向きに開く。血とは違う、むっとする異臭が鼻をつく。

廊下から、部屋のようすを窺った。正面の窓際に、パソコンの載った机。右側にベッド、左側に折りたたみテーブル。その隙間を埋めるように、部屋中に物が散乱していた。

大量のＤＶＤと漫画、ゲームソフト。さらにお菓子の箱や袋、割り箸が刺さったカップラーメンの残骸、空のペットボトル。ここはゴミ捨て場かと目を疑うほどに、室内は散らかっていた。きれい好きな叶人のお母さんなら、卒倒しかねない有様だ。

ただ、肝心の部屋の住人の姿が見えない。

「変だな、誰もいない」

呟きながら、部屋に足を踏み入れたとたん、左側で何かが動いた。

ゆっくりと首を回したときには、床にしゃがみ込んでいた物体が、大きく迫っていた。物じゃない、若い男だ。

こちらに向けられた血走った目が、車のヘッドライトを連想させた。

まるで、夜の車道にとび出した猫のようだ。

相手の両手が握り締めているものを認めても、叶人は身動きひとつできなかった。黄色い柄と銀色の刃。図工なんかに使う叶人も見慣れた道具だと、頭ではわかっているのに、ただぽかんと突っ立っているしかできない。

「わぁぁぁぁぁぁっ！」

道具ごと、男がまっすぐに突っ込んでくる。妙にゆっくり見えるのに、どうしてもよけることができない。

サ・サ・レ・ル――！

はっきりと頭に危険信号が点滅したとき、ふいに強くからだが押された。横にとんだ叶人のからだは、テーブルとは反対側、菓子袋や漫画が敷き詰められたベッドの上でバウンドする。そっと目をあけたときには、叶人がいた場所に、紺のスーツが立っていた。

「じゅう、ぞう……」

ゆっくりと身を起こし、四つん這《ば》いの格好で覗き込む。最初に目に入ってきたのは、十蔵の向こうで後退りする、若い男の姿だった。

一週間は剃《そ》ってなさそうな無精髭を生やした顔は、両親のどちらにも似ていない。髪型だけは母親と同じ、長めの髪を首の後ろで結んでいた。その瞳の中には、驚愕、焦り、困惑、あらゆるものが躍っているが、手にはさっきと同じものを握り締めている。

ありふれた、黄色い柄のカッター。ただ、長く引き出されていたその刃は、さっきより短くなっている。気づいた叶人が、大声をあげた。

「十蔵、刺されてる！　カッターの刃、お腹に刺さってる！」

「ああ、わかっている」

相手を睨《にら》みつけていた十蔵は、落ち着き払ったまま己の腹に目を落とした。ボタンを外したスーツの隙間から、折れた銀色の刃が突き出している。白いＹシャツが、みるみる赤く色を変える。

「早く、手当てしないと……絆創膏《ばんそうこう》、じゃダメか。包帯と消毒薬と」

「このように薄っぺらな刃物の傷など、案ずるには及ばん」

あわてる叶人をなだめ、まるで棘《とげ》でも抜くみたいに、十蔵は刃をつまみ、顔色ひとつ変えずに腹から抜いた。

「だが、いくら脆《もろ》い刃物とはいえ、子供に向けるとは何事か！」

「……まさか、子供だなんて、思わなくて……」

ずいと一歩、十蔵が踏み出して、言い訳を封じた。逆に息子が一歩下がる。けれどそれ以上、逃げるスペースがない。押入れの襖に背中を張りつけながら、必死に叫ぶ。

「や、やめろ、来るな！　来るなぁっ！」

両手で突き出された刃の折れたカッターは、十蔵に手首をたたかれただけで、あっさりと手から弾《はじ》きとばされ、十蔵の短いかけ声とともに、黒いTシャツを着た中肉中背のからだがぐるりと宙を舞った。どすん、と音が響き、埃《ほこり》が舞いあがる。

「すごい、一本！」

叶人が思わず声をあげる。中橋巧の腕をとり、十蔵が投げ技を決めたのだ。

のっそりと部屋に入ってきた虎之助が、床に仰向けにのびた息子の足許にしゃがみ込む。

「手間ぁとらせやがって。おれにも殴らせせろ」

黒いTシャツの胸元をわし摑み、容赦なく腕をふり上げる。そのとき部屋に走り込んできた人が、虎之助に必死でしがみついた。

「お願い、もうやめて！　巧を許してあげて！」

「手ぇ出したのは、てめえの息子が先だろうが」

引き剝がそうとするが、虎之助の半分ほどしかない小柄なからだがどうしても離れない。

「もう、そのくらいにしてやれ。刺されたのは、おまえではなかろう」

十蔵がとりなして、虎之助は舌打ちしながら黒いTシャツから手を離した。仰向けになった息子を、おばさんが助け起こして抱きしめる。母親から嗚咽がもれた。

しばらくのあいだ親子をながめ、十蔵は母親の背中の側にひざまずいた。

「何故、父を殺した？　どのような仔細《しさい》があって、父を手にかけたのだ？」

こちらを向いた息子は、何もこたえない。白髪の目立つ母親の肩に顎をあずけ、荒い息を吐きながら、焦点の定まらない目を宙に向けている。細い声が、代わりにこたえた。

「あれは……あれは事故なのよ……お父さんが、包丁なんてもち出すから、あんなことに」

「父親が先に、息子を手にかけようとした。そういうことか？」

「違う、違うの……殺すつもりなんて、なかったの。お父さんはただ、どうしても巧に部屋から出てきてほしいって……ただ、脅しのつもりで包丁を手に、この部屋に……」

あ、と叶人は声をあげた。

「ひきこもり、か」

「山籠り？」と、ふり向いたのは虎之助だ。

「違うよ、ひきこもりってのはさ」

学校や職場に行かず、終日家の中の一室に閉じこもっている人種のことだと、叶人がふたりに説明する。

「蟄居《ちっきょ》や幽閉のようなものか」と、十蔵はひとまず納得した素振りを見せたが、

「手鎖みてえなもんじゃねえのか？　何だって、てめえからそんな真似をしくさるのか、さっぱりわからねえ」と、虎之助は首をかしげる。

この部屋の強烈な散らかりようも、ひきこもりだとすれば納得がいく。

窓際に置かれた大きな机の上には、つけっぱなしになったパソコンのモニターがあって、おそらく直前までネットゲームをしていたのだろう。ファンタジー系ＲＰＧらしき画面が開かれていた。

この手のオンラインゲームには、叶人も一度ハマりそうになったことがある。無料の触れこみにつられてはじめたものの、知らないうちにアイテムを大量に買ってしまい、後でとんでもない高額の請求書が送られてきた。両親からきつく叱られて、以来手をつけていない。

携帯型のゲーム機で、我慢している。

「朝から晩まで、ここでゲームしてたってことか……贅沢《ぜいたく》な身分だよね」

叶人からすれば、ただの甘えにしか見えない。ようやく息子を腕から離した母親に確かめると、高校の途中から不登校になり、ほぼまる三年のあいだ、この部屋にひきこもっているという。

「フガイない息子を三年も我慢して、挙句の果てに殺されたんじゃ、そりゃおじさんだって浮かばれないよね」

やさしそうな、けれど気の弱そうなおじさんだった。そんな人が、このままではいけないと、たぶん、なけなしの勇気をふり絞って息子と対峙《たいじ》したのだろう。だが、結果は最悪のものとなった。自分は命を落とし、息子は社会復帰どころか、殺人犯になってしまった。死んでも死にきれないとは、まさにこのことだ。

「親父が、いけないんだ……」

抱きしめていた母親を引き剝がし、いまはぺったりと座り込んだまま床を見詰めていた息子が、初めて口を開いた。

「包丁までもち出して、おれをここから追い出そうとして……おれがこの部屋を出なければ、おれを殺して自分も死ぬなんて、そんなこと言うから……」

床に向かって一切をぶちまけるように、叫んだ。

「この部屋は、おれに残された最後の場所なのに！　ここを出たら、おれは生きていけないんだ！」

——子殺しや親殺しが起きるのは、どうしてだと思う？

ふっと県営王の問いを思い出した。少なくともこの中橋巧にとっては、それがこたえだ。

「だから……だから、おれは悪くない！」

声が波紋のように広がって、後に静けさを呼んだ。中橋巧の荒い息だけが、ノイズのように響く。

「罪はない、だと？」

低い呟きが、棘のように沈黙に刺さった。

「親を殺めておきながら、咎も受けず自害もせず、隠れおおすつもりか」

十蔵の腕がすっと伸びた。息子の首に、その右手がかかる。

「己で罪を贖《あがな》えぬというなら、おれが介錯《かいしゃく》してやろう。この手でおまえを、親父殿の待つ三途の川のほとりに送ってやろう」

首にかかった手に、力がこめられた。逃れようと巧がもがき、はずみでからだが傾いて、また背中を床に張りつけられる。十蔵はそこに馬乗りになった。母親が叫びながら止めに入るが、首を摑んだ十蔵の腕はびくともしない。

「おれは、父の首をはねた。切腹に見えるよう腹を裂いたが、痛みに苦しむ父上を見かねて介錯した。刀をふり上げて、首のちょうどこの辺りだ……ここに刃が刺さり、首は胴から外れ、畳にころがった……見開かれた父の目が、じっとおれを見据えていた」

まるで別人のような横顔だった。糊《のり》で皮を張りつけたみたいに表情が固まって、奇妙に吊り上がって見える目は、何も見ていない。その表情も抑揚のない低い語りも、何もかもが怖すぎて声さえあげられない。

「ご上意であったから、おれも一年のあいだ、生き恥をさらすより仕方がなかった。主家の跡目騒動が収まって、それから己も自害して果てた」

「ふん、殿さまの命で、親父を殺したというわけか」

「そう、なの？」と、虎之助を仰ぐ。からからに渇いた喉からは、かすれた声しか出ない。

「大方、親父は殿さまの敵方についたんだろうよ。お大名の後継ぎ争いなぞ、めずらしくもねえ」

同情する気はなさそうだが、おかげで何となく事情が吞み込めた。

もっとも多いのは、敵味方に別れちまう場合でね——。

ダ・ツ・エヴァの声が、よみがえる。最後の生をそんなふうに終え、百六十年経ったいまも、未だに罪の意識に囚われ続けている。やさしい人ほど、長く苦しむ。親を大事に思っていたからこそ、いつまで経っても自分を許すことができない。

それまで接着剤で張りつけられていたようだった足が、前に出た。一歩二歩と近づいて、息子に馬乗りになったままの、十蔵の隣に膝をついた。

「十蔵は、お父さんが大好きだったんだね」

ふっと十蔵のからだから、力が抜けた。首にかけられていた右手の力がゆるんだ。

「お父さんが死んじゃったことが悲しくて、生きているのが嫌になった。そのくらい、お父さんのことが好きだったんだろ？」

ゆっくりと、十蔵の顔がふり向いた。表情はぼんやりとしていたが、それまで囚われていた気味の悪い何かは抜けて、ただ、叶人を見つめている。

「厳しい、父だった」

ぽつりと、十蔵は口にした。

「己にも他人《ひと》にも厳しく、筋目の立たぬことは決して許さず、幼い頃はただ怖く思えたが」

「うん」

「だが、長じるにつけ、立派な人だと思うようになった……死に際も、やはりそうだった

『おまえはおまえのお役目を、まっとうしろ』と、苦しい息の下から、ただそれだけを……」

「お父さんもきっと、十蔵のことが大好きだったんだ。自分の役目を果たした十蔵を、誇らしく思ったんだよ」

そうなのだろうか——。十蔵は、そう言いたげな顔をした。

右手はとうに、中橋巧の首から離れていた。

ぐったりと仰向けになっていた、その喉から、ひゅうっと苦しげな息がもれた。激しく咳き込みはじめた息子に、母親が駆け寄り大声で泣き出した。


「どうだった？」

戻ってきた十蔵と虎之助の表情を見て、ハズレだったのだと、きく前から察しがついた。

「仏はあったが、玉はねえ」むっつりと、虎之助が報告する。

父親の脅しを、息子は本気にとった。手当たりしだいに物を投げつけ、その拍子に父親がとり落とした包丁を拾い、切りつけたのだ。

遺体は母親とともに、家の裏手に広がる雑木林に埋めた。本当は、もっと遠くに捨てたかったのかもしれないが、母親も息子も車の免許を持っていない。人力で運ぶには、そこが限界だったのだろう。

その中橋母子は、十蔵と虎之助の背後で、真っ青になって震えていた。

「もしかして、掘り返したの？」

「いや、だが、場所はすぐにわかった。埋めた跡も見つけたが、何よりにおいがひどうてな。いままで獣に掘り返されなかったのが、不思議なくらいだ」

十蔵は落ち着きをとり戻してはいたが、痛む傷を無理に我慢しているようで、かえって痛々しい。中橋母子は、死臭のひどさにすっかり参ってしまったようだ。

地蔵玉は、中橋啓の遺体の傍にあるのかもしれない。そう判断し、十蔵と虎之助は確かめに行った。けれど巧を外に連れ出すのには、またひと悶着あった。

トイレと風呂のために、一階に下りることはあっても、家からは一歩も出たことがない。父親の遺体を運ぶために、否応なく三年ぶりに外に出たというから皮肉な話だ。

それも人の途絶えた深夜の時間帯で、昼間だとひどく抵抗があるのだろう。玄関に突っ立ったまま動こうとしなかったが、抱えていくぞと虎之助に脅されて、案内役として連行されていった。

叶人が同行しなかったのは、死体遺棄現場を避けたわけでなく、県営王から出された宿題のためだ。四人がいなくなると、叶人は巧の部屋のパソコンを借りて調べてみた。

「仏の傍でもねえとすると、地蔵玉はいってえどこにあるってんだ」

散らかったベッドに、どすんと腰を落とした虎之助が、苛々と文句をたれる。

「地蔵玉って、何？　あなたたち、いったい何を探しているの？」

神妙な顔で息子と並んで床に座り、改めて気づいたように母親がおずおずときいてきた。

仕方なく叶人は、あらかじめ用意してあった言い訳をならべた。

「信じてもらえないかもだけど、おれ、おじさんの霊と話をしたんだ」

一応、嘘ではないし、こう言えば相手は、叶人を霊感少年と思うだろう。

「おじさん、何か気になることがあって成仏できないみたいで、その気がかりが何なのかわからないけど、おれたちは仮に地蔵玉って呼んでるんだ」

少なくとも、おばさんは信じたようだ。悲しげな表情でたずねた。

「……お父さん、まだここにいるの？」

「いないよ。うんと遠くにいる。ただ、このままだと、本当に幽霊になっちゃうかもしれない」

「弔《とむら》いもせず、あんなところで獣の餌《えじき》にされては、成仏できぬのも無理はないが」

決して責めるのではなしに、憐《あわ》れでならないというように、十蔵が呟いた。

「でもおじさんは、たしかに悲しそうだったけど恨んでる感じじゃなかった……もしかして、おじさんの気がかりって、全然別のことじゃないのかな」

「別って、何だよ」虎之助が、気短に問う。

「おじさんにとって、大事な物とか、いい思い出とか……」

あ、と叶人が声をあげた。おじさんが大事そうに抱えていた、地蔵玉が頭に浮かんだ。

「真珠とか、真珠色の何かとか、そういうものに心当たりないかな？」

寺崎静恵が抱えていた玉は、娘の留里のパジャマの色と同じだった。あのサーモンピンクは、母親にとっての娘のイメージカラーだったのではないかと、叶人にはそう思えた。

中橋啓もまた、息子の巧がいちばん気がかりなようだった。けれど真珠色は、母親の隣でうなだれる十九歳の男には何だかそぐわない。

「真珠なら、母の形見のネックレスが一本だけあるけど……お父さんとは関係なさそうね」

母親は首を傾げたが、横にいた息子がはっとなった。

「……でも、まさか……ずっと昔の話だし、あんな些細なこと……」

「ひょっとして、『男と男の約束』？」

巧が顔を上げ、呆然と叶人を見つめた。

「どうして、それを」

「おじさんに、きいたんだ。大事な思い出だって言ってた」

「親父……」

呟いたきり、何かを堪えるように、中橋巧は口に手を当てた。

「大丈夫？」

玄関で、また巧が立ち止まる。何度も深呼吸をし、握りしめた拳はかすかに震えている。ただの甘ったれだと叶人は責めたが、ひきこもりは本人にとっても、どうにもならない病気のようなものかもしれない。ストレスで胃が痛くなったり、心痛で食事が喉を通らなかったり、それと同じことだ。

ひきこもりではないけれど、不登校の子なら身近にいた。

少なくとも、ひきこもりに至るだけの、うんと辛い何かがあったことはたしかだ。

初めて巧がかわいそうになり、叶人はそっと声をかけた。

「ああ」

返事はするが、やっぱり足が前に出ない。

十蔵が前に出て、ドアを開いた。

「行くぞ」と、巧をふり返る。

穏やかな声だった。引かれるように、巧の足が、ドアの外に出た。

男と男の約束をした場所というのは、中橋家から五百メートルほど離れたところにある児童公園だった。母親を家に残し、四人で住宅街の坂道を下りる。

誰かと顔を合わせるのが嫌なのだろう。大きな虎之助の陰に隠れるようにして、巧はアスファルトを見詰めながら無言で歩く。その後ろに、少し離れて叶人と十蔵がならんだ。

時刻は午後四時。曇ってはいるが蒸し暑い。気温は三十度を越えていそうだ。ノーネクタイとはいえ、スーツはさぞ暑いだろうと隣を窺うが、十蔵は汗ひとつかいていない。

「怪我、平気？　痛くない？」

「ああ、あの母御が気を遣ってくれたしな」

十蔵は必要ないと言ったが、おばさんは救急箱を持ち出して手当てしてくれた。

「あのさ、きいてもいいかな」

背筋を伸ばし、前を向いていた十蔵が、叶人をふり向いた。

「十蔵が生きていた時代は、子供を殺すより親を殺す方が、罪が重かったってホント？」

せっかく乾いた傷をまたえぐるようで、罪悪感にかられながらたずねたが、十蔵は表情を変えずあたりまえのようにうなずいた。

「そのとおりだ。親や主は、敬って然るべきもの。それが儒教の教えであり、ご公儀からもきつく達せられておる」

さっきネットで調べたばかりだから、十蔵のことばが理解できた。

江戸時代には、神道や仏教の他に、儒教という思想が深く浸透して、公儀、つまりは江戸幕府も儒教思想を擁護していた。この儒教の中に、目上の者は敬わなければならないという教えがあった。目上の者というのは、仕えている殿さまや上役、働いている店の主人、習い事の師匠、そして何よりも親だった。

だから親殺しは江戸時代、決して許されざる罪であり、市中引き回しの上、打首獄門という、もっとも重い刑罰が下された。

逆に子殺しは、黙認されていた節がある。昔は貧困や飢饉が多く、子供がいては自分たちも生きていけない。身売りさせるのは茶飯事で、間引きと称される子殺しもまた、決してめずらしくはなかった。よほど目に余る事例でない限りは、それによって親が罰せられることもなかったようだ。

けれど叶人が何より驚いたのは、それが江戸時代だけの話ではなかったからだ。明治、大正はもちろん、昭和にはいり戦争が終わってからも、その思想は根強く残っていた。

尊属殺——。

祖父母、両親、伯叔父母などを殺すと、ふつうの殺人より罪が重くなる。その法律が消えたのは、一九九五年、叶人が生まれるたった五年前だ。大人にとっては、そう遠い昔ではない。

「だけどいまは、違うんだ」

叶人を見下ろす十蔵が、わずかに目を見張った。

「親を殺すのも子供を殺すのも、どっちも同じ罪で……たぶん、大人が小さい子を死なせるのが、いちばん罪が重いんだ」

半端なこたえしかできなかったのは、法律上の詳しいことまではわからなかったからだ。それでも虐待で子供が死ぬと、毎回大きく報道される。両親やまわりの大人の反応を見ても、亡くなった子供に哀れみや同情が集まり、逆に殺した親への憤りが強かった。裁判員がならぶ裁判なら、よけいに刑も厳しくなるかもしれない。叶人には、そう思えたからだ。

「小さいうちは特に、子供は弱者だろ？　強い親が弱い子供を殺すのは、いけないんだ」

親子の関係よりもむしろ、立場の強弱で事件を判断する。世論だけでなく、それが実際に量刑をも左右する。子供が親を死なせた場合も、たぶん同じだ。

仕入れたばかりのにわか知識だが、叶人は拙《つたな》いことばで懸命に十蔵に説いた。

「だから十蔵みたいな場合は、きっと罪にはならない」

「罪に、ならぬ、と？」

意味がわからない、と言いたげな顔をする。

「病気で苦しむ親を楽にしてやりたいとか、親の暴力に耐えかねてとか、そういうのは情状酌量で執行猶予がつく。牢屋に入らなくていい、ほとんど無罪放免と一緒なんだ」

ただ、十蔵が何より悔いている、最後の人生で犯した罪は該当しない。殿さまの命令で、父親の命を奪う。いまの世の中ではあり得ない話だ。けれど誰かに強要されたり、逆に大切な何かを守るために仕方なく、と考えれば少しは納得できる。

「殿さまに殺せと言われたなら、それは命令した殿さまが悪いんだ！　だから十蔵は悪くない！」

「叶人……」

「十蔵は、悪くない……だから、これ以上、苦しむ必要なんてないんだ」

ぽすん、と叶人の頭に手が置かれた。十蔵はこちらを見ていない。視線はまた、まっすぐ前に向けられていた。ありがとうなのか、これ以上何も言うななのか、わからなかった。

ただ、十蔵の手の重みが、心地よかった。

「ここが、銀杏《いちょう》公園」

案内役の中橋巧が、ぽつりと告げた。着いたのは、さして広くない公園だった。公園というより、遊び場といった方がしっくりくる。隅の方にあるジャングルジムとブランコは、相当年季が入っているらしく、ペンキはかなり大胆に剝がれている。似合いの古びたベンチがふたつと、踏み固められた地面。

名前の由来となった銀杏は、隅にたった一本だけ、所在なげに立っていた。

「あったぞ」

虎之助が指さしているのは、遊具とは少し離れたところにある、小さな水飲み場だった。

「間違い、ない？」

「ああ、あの石の板の根元にある。ありゃ、何なんだ？」

「水飲み場だよ」

「ずいぶんと妙ちきりんな井戸だな」

首を傾げる虎之助を残し、水飲み場へと走った。妖怪のぬりかべを小さくしたような、厚みのある平たいコンクリートの板から蛇口がひとつ突き出している。水飲み場というより手洗い場に近い。蛇口の真下に、丸い排水溝があるだけの簡素なつくりだ。虎之助が言うには、地蔵玉はその排水溝を塞ぐように落ちていた。

「おじさんの思い出、やっぱりここにあったよ」

中橋巧は、少し離れたところに突っ立ったままだ。ただじっと、水飲み場を凝視している。

「親父が、本当に……？　あんな子供んときの約束を、後生大事に覚えてたってのか」

ふらふらと灰色の石の前に来て、かくりと膝をついた。排水溝を挟むように、その脇に両手をつく。

「おれなんて、とうの昔に忘れてたってのに……馬鹿じゃねえのか、あの親父」

「でも、男と男の、約束なんだろ？」

四つん這いになった肩が震え、そして吠えるような慟哭《どうこく》があがった。

まるで、排水溝に向かって叫んでいるようにも、コンクリの板に許しを乞うているようにも見える。

ぬりかべみたいな四角い石が、叶人の目にはお墓のようにも映った。

「たしか、五年生のときだ。おふくろが出掛けて、ひとりで留守番になって……だからショウちゃんを呼んだんだ」

内臓のありったけを吐くような声をあげ、それから涙を収めるまでには、ずいぶんと長くかかった。からだ中に溜まった何かを、出し尽くしてしまったんだろう。叶人が乞うと、半ば気の抜けた表情で、中橋巧は話しはじめた。

「行き先は忘れたけど、おふくろはめかしてったみたいで、指輪やネックレスを入れた引き出しが、あいてたんだ。ふたりで面白半分にひっかき回して、いちばん奥にばあちゃんの形見の真珠のネックレスがあった。箱に入って大事そうに仕舞われていて……それで宝探しごっこをしようってことになったんだ」

片方が宝のネックレスを隠し、もう片方がヒントをもとに探す。単純な遊びだが、思いのほか熱中した。最初は押入れや戸棚だった隠し場所が、庭になり、そしてこの公園になった。友達が銀杏の根方に埋めた宝物を、首尾よく発見したまではよかったが、土にまみれたネックレスを水飲み場で洗っていたとき、事件は起きた。

真珠玉を繋いでいた糸が、切れてしまったのだ。ちぎれた糸は弾けるように真珠をまき散らし、ばらばらと巧の手の中からこぼれ落ちた。そしていくつかの玉は、排水溝の中に消えてしまった。

「ショウちゃんは、一緒におふくろに謝ってやると言ってくれた。だけどおれは、断った」

大丈夫だからと見栄を張り、友達を先に帰してからも、公園でひとり途方に暮れた。

「ちょうど紅葉の時期で……ここに突っ立って、金色になったあの木をながめていた。そこに会社帰りの親父が通りかかったんだ」

いまはまだ緑色の葉をつけた、梢《こずえ》を見上げた。

父親に問われるまま、巧は事情を語った。排水溝を調べてくれたが、頑丈に接着されていて、流れた真珠の玉は戻らなかった。

『どうしよう、ショウちゃんが叱られる……もうショウちゃんと遊べなくなる』

わんわん泣きながら、巧は父親に訴えた。その遊び友達は、家庭環境が複雑だった。あまり評判のよくない父親とふたりきりで、住宅街の外れのアパートに住んでいた。ショウちゃん本人も行儀がいいとは決して言えず、母親からは親しくするなと言い含められていた。わざわざ母親の留守に家に呼んだのも、そのためだった。

「そしたら父さんは、おれに任せておけって。今日のことは誰にも言うな、ショウちゃんにも口止めしろって……そう言ってネックレスを預かった」

ふたりがネックレスをもち出したことも壊したことも、一切内緒だと、父親は釘をさした。

「そのときに親父が言ったんだ……『男と男の約束だ』って」

母親がそのネックレスを身につけるのは、冠婚葬祭に限られると父親は知っていた。だから次に箱があけられる前に、宝飾店に修復を頼むことにした。流れてしまった真珠と、大きさも色もよく似た玉を新たに買って、またネックレスに仕上げてもらった。

「『どうだ、もとのまんまだろう』って……親父の方こそ、いたずら好きな子供のような顔をしていた」

母親の目を盗み、ふたりでこっそりと引出しの奥の箱に仕舞ったという。

正直こそ美徳だと、桜の枝を折ったワシントンの伝記にも書いてある。それでも叶人は、この親子の内緒事に水をさす気にはなれなかった。

「おじさんはきっと、友達をかばおうとした、その気持ちが嬉しかったんだ。そんな息子と、男と男の約束をしたことが、何より大事な思い出だったんだ」

「親父……」

いったん乾いた頬に、ぼろぼろっと涙の玉が落ちた。

「親父……ごめん……おれが、親父を……どうしよう、どうしよう……」

水飲み場の前に正座した格好で、巧は前のめりにからだを折った。冷たいコンクリートの台座に額をつけて号泣する。

「殺すつもりなんて、なかったんだ……ただ、怖くて……あの部屋から出るのが怖くて……ごめん、父さん……ごめんなさい。おれ、とりかえしのつかないことを……！」

まるで固い繭《まゆ》のような、あの部屋の中では見えないふりができた現実と、大きな後悔が、堰《せき》を切ったように巧に襲いかかった。その頭の先には地蔵玉があるが、寺崎留里と違って感じることはできないようだ。叶人にもやはり見えないが、

「お」

と、虎之助が声をあげた。視線がゆっくりと上にのぼる。

「地蔵玉？　帰っていくの？」

ああ、と虎之助は、オレンジ色が濃くなった空を仰いでいる。

「おじさん、きっと安心したんだ」

息子が部屋から出てきてくれて、自分の罪を現実として受けとめてくれた。父親にとっては、それが何よりの手向《たむ》けになったのかもしれない。

部屋を出ても、巧の行き先は刑務所の中だ。それでもそこには確かな現実があり、まっとうな時間が動いている。生きるということは、そういうことだ。

叶人や虎之助とともに、しばし空を見上げていた十蔵が、すっと巧に近づいた。

「まずは親父殿を、手厚く葬ってやることだ。己の罪を償うのは、それからだ」

十蔵が背をたたくと、巧は顔を上げぬまま、うんうんと何度もうなずいた。

ふと後ろをふり返ると、公園の入口に、エプロンで顔を覆った母親が立っていた。

＊

「昔は親殺しの方が罪が重く、その気風がすっかり改められたのは、長い歴史の中ではごくごく最近だと、そういうことだね？」

——子殺しと親殺しは、どちらが罪が重いか。

その質問のこたえを、三途の川に戻った叶人は、県営王の前で披露した。

「うん、だからいまは、親殺しも子殺しも罪は同じで、事件の状況によって判断される」

「まあまあというところか」と県営王は、どっちつかずの点数をつけた。「で、もうひとつの質問のこたえは？　子殺しや親殺しが起きるのは、どうしてだい？」

「ネットでは見つからなかったから、これはおれの考えだけど」

「かまわないよ」

「自分の生存を脅やかされたから、じゃないかな」

ほう、と眼鏡の上の薄い眉が持ち上がった。

「相手を殺さないと、自分が生きていけない。そう思い込んで、その相手というのが、身近にいた親や子供だった」

あの狭い部屋こそが、広い世界の中でたったひとつ存在する、息をしていい場所だ。失くしては生きていけないと、少なくとも父を殺したときの巧は、そう信じていた。

「自分の邪魔をする父親が、あの人にとっては邪魔だった。だから邪魔者をどかそうとしたんだ」

親さえいなければ、子供さえいなければ。その思いに凝り固まった挙句に、排除する道をえらぶ。殺した本人にとっては、家族は自分を縛りつける鎖にしか見えない。

子供の虐待や放置も、同じ理由なら辻褄《つじつま》が合う。自分が自由に楽しく暮らすために、子供が邪魔になったのだ。

「ものすごく身勝手だし間違ってるし許せないけど……けど、ああいう人はきっと、誰よりも生きたがりなんだ！」

　県営王が、深くうなずいた。

「うん、さっきより良いこたえだ」

　ネットで拾った情報よりも、県営王は叶人が考えて導き出したこたえを褒めてくれた。

「君の言った生きたがり、つまりは強烈な自己防衛本能は人だけじゃない。生物というものは、恐ろしく利己的でね。自分という個さえよければ、仲間も種族もどうでもいい」

　利己的という漢字が出るまでに少し時間がかかった。県営王はそのまま続ける。

「けれど、それじゃあ種が絶滅してしまうからね。人間以外の生き物は、からだの中に利己を抑えるシステムを持っている。ちょうど人間がつくる法律を、生まれつきからだに埋め込まれているみたいにね」

　相変わらず、県営王の話はわかりやすい。

「それでも自然界には、説明のつけられない仲間殺しが数多く存在する。特に子殺しは多くてね」

　どんなに頭をひねっても、種の存続のためにはマイナスになるケースが多々あるという。

「しかしすべての命が利己的だと考えれば、納得がいく。人も獣も虫も、大事なのは自分だけだ。ある意味、悪いことじゃない」

「自分さえよければ、他の人はどうでもいいってこと？」

「だめかい？」

「だって、それは……」

叶人の脳裏に、また、青い橋が浮かんだ。自分を守り過ぎた結果が、あの橋へと繋がった。

ただ、中橋巧と違うのは、ぎりぎりのところで叶人は、別の選択をしたことだ。

「だめだよ、やっぱり」

「どうして？」

「だって自分だけがよくて、まわりが不幸なら……そんなの全然嬉しくない。自分もちっとも幸せじゃないよ」

そうか、と県営王が、唇の端を上げた。

「でもね、自分を本当に守ってくれるのは、結局は自分自身だ。だから自分の中に、せっせと力をためる。君たち子供はなおさらね」

ちょっと説教くさい話を、うん、と叶人は真面目な顔で受けとめた。

自分にその力がなかったから、あんな羽目になったのだ。居座っていた青い橋を、頭から無理やり押しやって、叶人は県営王を見上げた。

「一応、合格、なのかな？」

「そうだね。十蔵を呼んでおいで」

「七つより前を忘れさせるのは、その人間のためでもあるんだがね」

それ以上の記憶は、魂の負担になる。ダ・ツ・エヴァは渋い顔をしたが、「約束だからね」と県営王は譲らなかった。

「いいじゃねえか。お上品にとりすましたこいつが、どんなどえらい罪を犯したのか、おれもきいてみてえ」

可愛げのない言いようだが、虎之助も興味があるのだろう。叶人の隣で身を乗り出した。

「迷惑は承知だが、やはり明かしていただきたい。親殺しの因果を負った大本が、いかなる罪か。過去世の己がどのような非道を働いたのか、知らぬことには収まりがつかぬ」

十蔵は、ふたりの鬼に向かって頭を下げた。

「別に、罪でも何でもない。ただの契約さ」

気がすすまないようすでいたくせに、案外あっさりとダ・ツ・エヴァは告げた。

「契約……約定ということか？」

「ああ、子供の命を助けてほしい。過去のおまえが乞うて、その代わりに親殺しの罪を負うことを承知した。ただ、それだけのことさ」

「……子供の命と引き換えに、親を……」

それ以上ことばが出ないようで、十蔵が茫然とする。

「誰と？　誰とそんな契約をしたのさ」代わりに叶人が口を出した。

「んなもん、魔物かあやかしに決まってんじゃねえか」と、虎之助が決めつける。

「まあ、当たらずしも遠からずだが」と、県営王は眼鏡を上げた。「契約を交わしたのは、おそらくは十王の配下のひとりだろう。いわば、我々の同類だ」

これにはさすがにびっくりして、叶人と虎之助が思わず顔を見合わせる。

「我らの仲間には、人の世に頻々《ひんぴん》と出入りする者たちがいる。前に話したろう？」

叶人がこくりとうなずいた。叶人がここに来る前、現世に降りた十蔵と虎之助の案内人になったのは、ダ・ツ・エヴァや県営王の同僚だときいている。

「その中の誰かが、過去の十蔵と取り引きした。そういうわけだ」

「誰かって、わからないの？」

「我らの役目は、原則それぞれの裁量に任されていてね。さらに現世となると、十王の目も届き辛い」

誰が何を思って、死ぬはずだった十蔵の子供の命を救ったか。それはふたりの鬼にすらわからない。本当に十蔵や子供を憐れんで、情けをかけたのかもしれないし、暇潰しくらいの軽い気持ちでいたのかもしれない。ただ、現世に出入りする配下たちは、『現世のために必要と判断した』という名目で、かなりの無理が通ることはままあるという。

「あたしゃ、好かないがね」と、ダ・ツ・エヴァは、白い額に嫌そうなしわを刻んだ。「どんな理由があったにせよ、そんな宿世を背負わせて、輪廻のたびに苦役を強いるなんて」

「仕方ないさ、奪衣婆。命はそれほど重いからね、等価交換としては妥当なところだろう」

「その契約って、ずっと続くの？」

理由よりむしろ、叶人にはそっちの方が気になった。子供の命をどのくらい延ばしたか、その年数如何《いかん》だが、永遠ということはないだろうと、県営王はこたえた。

「七度も因果を負ったんだ。当時の寿命を考えりゃ、そろそろ終わってもいい頃だと思うけどね」

「確証のないことを口にするな、奪衣婆」

「だがね、懸衣翁、希望《のぞみ》がなければ、生まれ変わることすら難しい。現に十蔵は、次の生を拒んでいるじゃないか」

ふたりの話をきいていて、あれ、と叶人は気がついた。

「ってことは……十蔵が契約を交わしたのは、八つ前の輪廻のときってこと？」

「ああ、そうさ。だからひとつ前の命を終えたときまでは、十蔵も契約を覚えていたんだ」

しかし百六十年前、最後の生を終えたときには、肝心の契約の部分だけが抜け落ちてしまった。残るのは、すべての生で親を殺した自分だけだ。

「そうか……おれは、忘れていたのか」十蔵が、呟いた。

「間抜けな話だな」

虎之助が、茶々を入れる。十蔵は怒ることをせず、「まったくだ」とうなずいた。


「小僧、次の客を舟に乗せろ」

虎之助がえらそうに指図する。それでも叶人は文句をつけず、船着場に身軽くとび移った。八番と札のある辺りで、所在なげに突っ立っているおばあさんに声をかける。

「えっと……舟までご案内します。こちらへどうぞ」

でいい？　そろっと後ろをふり向いて、目だけできいた。

もやいと呼ばれる舟を繋ぐ綱に、手をかけていた十蔵と目が合った。

『また、生まれ変わってみるのも、良いかもしれんな』

この前、十蔵は、そんなことを口にした。

過去の罪を払拭《ふっしょく》するのは、未来だけだ。

満足そうに、叶人にうなずいた十蔵の笑みは、前とはどこか違って見えた。

悪虎千里を走る

「なるほどな」

その客を見て、虎之助はにやっとした。

見かけはごくごく普通の、若い男だ。中肉中背、少し猫背で、少し気が弱そうに見える。けれど、ひとつだけ違う。――においだ。少し近づいただけで、強烈な臭気が鼻を刺す。金気を帯びた生臭さは、血のにおいだった。

「おまえ、何人殺したんだ？」

ぼんやりと衣領樹を仰いでいた男は、ふり向きもせず虎之助にこたえた。

「九人だ」

「何だ、たったそれだけか」

虎之助はつまらなそうに鼻で笑い、叶人と十蔵、ダ・ツ・エヴァのもとに戻ってきた。

だが、いまの日本で九人も殺せば立派な異常者だ。叶人は勢い込んで、隣の金髪美女にたずねた。

「連続殺人？　それとも無差別殺傷？」

「後の方さ」

ダ・ツ・エヴァが、素っ気なく告げる。日曜日の真っ昼間、混雑する街のど真ん中で、男はナイフで次々と通行人を刺したという。

「それで、死罪になったのか？」と、今度は十蔵がたずねる。

「だったら、おれだって事件を知ってるはずだよ」

どんな凶悪犯でも、逮捕起訴され裁判にかけられて、死刑になるまでには何年もかかる、と叶人が説明する。

「昔は大きな罪を犯したら、すみやかに打首獄門を言い渡されておったがな」

「打首はギロチン、つまり首切りのことだよね。獄門て何？　ゴウモンのこと？」

「切り落とした首をさらすことだ。見せしめのためにな。鈴ヶ森や小塚原《こづかっぱら》でさらされた」

江戸時代、刑場があった場所だという。目を半開きにして、口から舌をだらりと出した生首を想像し、叶人がぶるりとなった。

「悪趣味。そんなもの、誰が見るんだよ」

「江戸者は、野次馬根性が強うてな。日本橋のさらし場なぞ、たいそうな人が詰めかけておった。こちらは死人ではなく、生きた者のさらし場でな、相対死《あいたいじに》の生き残りや不義を働いた妻女などがさらされた」

「会いたいのに死んだ人？　府議を働いた才女？」

相対死は心中で、不義は不倫のことだと説明されて、叶人がびっくりする。現代なら刑法にもひっかからないことで、昔は厳しい罰を受けていたようだ。

「あの人、自殺したの？」

叶人はぼんやり突っ立っている男に目を向けた。

「いいや、その場で射ち殺されたんだとさ」ダ・ツ・エヴァがこたえる。

「九人ばかりで早々に始末されたんじゃ、成仏しようもねえよなあ」

頭の後ろで組んでいた腕を広げ、虎之助は、うん、と伸びをした。

「虎之助は、何人殺したの？」

「いちいち数えちゃいねえがな、この前とその前は、白州《しらす》に引き出されたから、役人が数えてやがった。たしかこの前は十二、その前は十五、いや、十六だったか」

この前とは、百五十年前の江戸末期、虎之助の最後の生で、その前とは、一代前の輪廻だろう。あらためて数の多さに戦慄《せんりつ》したが、まるで食べた饅頭《まんじゅう》の数でも数えるような気楽さが、なおさら不気味に思えた。

「ま、どっちも相手はクソみてえなヤクザ者だ」

「おまえもその、クソと同類だったろうが」と、ダ・ツ・エヴァが切り返す。「それだけじゃない。喧嘩のあげくに頭に血が上ってね、通りすがりの者まで容赦なく切りつけた」

「一般人を襲ったってこと？　それじゃ通り魔と同じだよ」

口も態度も悪いし、すぐ暴力に訴える。脅されて本気でびびったことも、一度や二度ではない。それでも叶人は、何故かこの男を、心の底から嫌いにはなれなかった。

一度、病院の階段で、叶人を助けてくれた。意外と素直なところもあって、本人には言えないが、たまに可愛く見えるときすらある。だけどそれだけの数の人間を殺して、ひとかけらの罪の意識もないなんて、異常を通り越して狂人だ。

本当に、そうなんだろうか――。本当にそうなら、どこで狂ってしまったんだろう。色々な疑問が、叶人の頭の中でないまぜになった。

「なに考えてんのか、全然わかんないよ」

「わからねえのは、こっちの方だ。同じに人を殺しても、何だって咎が違うんだ」

いったい何の話だろう、と虎之助を見上げた。身長が百八十センチ以上あるから、首が痛い。

「おれがいちばん殺したのは、いちばん古い覚え、七代前だ。百か二百か、それこそ数えきれねえほどに殺しまくった」

「何、それ……」

さすがに顔色を変えた叶人に、傍らから十蔵がことばを添えた。

「こやつが七代前に生きたのは、戦国乱世であってな。戦場《いくさば》で数多《あまた》の敵を討ったのだ」

「ああ、そういうことか」

納得した叶人が、大きく息をつく。

「あんときは殺せば殺すほど褒められて、褒美をもらえた。よくやった、手柄を立てたと、帰れば村中が大喜びで迎えてくれた」

得意そうに語っていた虎之助が、表情を変えて隣をにらみつけた。叶人ではなく、そこにいるのは県営王だ。いつものごとくパソコン画面に目を落とし、むくんだ指を忙しなく動かしていて、顔さえ上げない。

「なのに、どうだ。たった三、四十年過ぎただけで、同じことをしても、まるで逆さに扱われる。十人殺《や》っただけで役人に捕まり、身内は皆、家の恥だとのたまいやがる。おかしいと、思わねえか？」

「戦場と往来を、一緒にするな。たとえ乱世であれ、往来で人を殺めれば、やはり役人に捕まっていたはずだ」と、十蔵はにべもない。

だが、叶人は思わず呟いていた。

「戦争なら、人を殺しても良くて、それ以外はだめなんて、たしかに変かも」

「だろ？」

思わぬ援護に、虎之助が調子づく。

けれどダ・ツ・エヴァは、たちまちふたりに逆襲した。

「馬鹿じゃないのかい、おまえたち。あっちでもこっちでもぶっすり殺られたら、眠ることさえできやしない。そのために法があって、役人がいるんだろ」

「まあ、そうだけど」と、叶人が唇を尖らせる。

「法が整わない頃ですら……そうだね、見かけは猿と大差ない時代だって、隣近所を片端からぶっ殺す野郎を、容認すると思うかい？」

アウストラロピテクスとか、ネアンデルタール人とか、そんな片仮名が叶人の頭の中をとび交った。

「そんなことにすら気づかないなんて、やっぱりガキだねえ。おまえたちふたりとも、猿から出直してきな」

「誰がガキだ、クソババア！　こいつと一緒にすんな！」

「……猿はいいんだ」

横目でながめながら、ひとつ気づいたことがあった。虎之助はたしかに、子供じみたところがある。単純で、考えなしに動く。からだがでかい分、よけいに危なっかしいけれど、それはつまり、子供の純粋さを残しているといえなくもない。

「そっか。きっと精神年齢が同じなんだ」

ぽん、と手をたたく。虎之助をどこか憎めない理由に、ようやく行き当たった気分だ。

当の虎之助は、今度は止めに入った十蔵に喧嘩をふっかけている。

「ま、おれの方が上だけどね」余裕の笑みで、にんまりした。

ただ、虎之助がさっき口にしたことだけは、やはりひっかかったままだった。

ダ・ツ・エヴァの言ったことは呑み込める。だけど虎之助や叶人の疑問のこたえとしては、微妙にずれている。大人が子供によく使う、ごまかしや方便に近いように、叶人には思えた。

「戦争はいけないって……なのに戦争は世界のどこかで起きていて……戦場なら、人を殺しても罰を受けない」

「おかしいかい？　そのルール」

ふと気がつくと、県営王の指が止まっていた。眼鏡の丸顔が、こちらを向いている。

「県営王は、おかしいと思わない？」

「いや、思わないよ。生物には、よくあることだからね。ほら、オス同士が、メスや縄張りをめぐって争うことがあるだろう？　あれに近いことさ」

「そうなのかな」やっぱり叶人は、すっきりしない。

「いわば戦場が、特殊なんだ。国のため、民族のため、宗教のため。ひいては家族のため」

自分という個人の利益のためではないと、大義名分を与えられた。法や常識、日常から隔離された、特殊な人殺しの場が戦場だった。革命、クーデター、民族紛争、宗教戦争、世界大戦――。諍《いさか》いの火種はさまざまあっても、意外なことに、敵味方を問わず目指すものはひとつだという。

「何よりも、平和のためだ」

「平和の、ため？　そのために、人を殺すの？」

「そうだよ」

ものすごい違和感に襲われた。この矛盾の原因は、いったいどこにあるのだろう。手足のついた「？」が次々とわいてきて、頭の中を走りまわる。

「たしかに逆説《パラドックス》ともいえるが、あながち嘘でもない。逆説というのは、真であり、かつ偽である命題、という意味だ」

「真であり、偽である……」

すごく難しいのに、何故だかそこのところだけ、すんなりと頭に入った。

「戦乱が戦乱を呼んで、収集がつかず泥沼化することもあるが。大きな戦乱の後には、概《おおむ》ね世の中が落ち着くからね」

　虎之助のいた戦国時代の後には、徳川幕府による長い平穏の時代を迎えた。しかしそれもまた維新という争いの果てに崩れ、明治の終わり頃から、今度は外国との戦争がはじまる。そして昭和になって、最後の世界大戦で日本は負ける。

　日本史は中学に上がってからの教科だから、筋道立てて教えられたのは初めてだ。

「戦争と平和は、くり返されるってこと？」

「まあ、そうなるね」

　叶人の頭に、大好きなミルフィーユが浮かんだ。サクサクのパイが平穏な時代だとしたら、そのあいだにクリームのように戦争がはさまっている。それが真理なら、いつか必ず、戦争はまたやってくる。

「でも、でもさ、いまは、核があるだろ？」叶人は、急に怖くなった。「いくら何でも、核爆弾を使うような本気の戦争はしない。地球上の生物が、全滅しちゃうような戦争なんて、しないよね？」

「別にそれでも、構わないけどね」

　え、と叶人は、視線を上げた。黒縁眼鏡の向こう側が、どうしても見通せない。

「人類や鳥や獣が滅びても、しぶとく生き残る種はきっといる。放射能に強い新たな生物が台頭するかもしれないし、生命の絶えた大地に宇宙人が飛来するかもしれない」

考えは案外クールだと、それはわかっていた。けれど叶人が感じたのは、きしむような痛みだった。目の前の小太りの男が、宇宙人のように見えてくる。実際、宇宙人よりも遠いのかもしれない。人の形に見えるだけの、得体の知れない存在だ。

「知っているかい？　日本に原爆が投下された後、植物すらも枯れ果てた地で、もっとも元気に活動していた生き物が何か」

知らないと、首を横にふりながら、叶人は思わず一歩後退っていた。

「ハエや蚊だよ。人や獣の死体や傷口を、餌にしてね」

足りない酸素を補うように、叶人が口をあけた。なのに肺には、さっぱり空気が入らない。なけなしの息とともに、情けない声が絞り出された。

「人間なんて……いなくなった方がいい……そ、いうこと？」

それ以上、ことばが続かない。黙ったままの県営王の姿が、涙でぼやけた。

「人間が死に絶えるなんざ、あたしゃ、ごめんだね」

すぱんとした返答が、違う方向からとんだ。首をまわすと、明るい緑色の目とまともにぶつかった。

「万年、ハエや蚊相手じゃ、退屈でかなわない。話相手にすら、ならないじゃないか」

「ダ・ツ・エヴァ……」

「だいたい他の一切が死んじまえば、ハエや蚊だって、やっぱり生きていけやしないんだ」

そうか、と叶人が納得すると、薄緑色の瞳で、ちらりと隣の作業着をにらむ。

「このジジイは根性が曲がっていてね。たまにこういう問答をはじめる。まったく、けったくその悪い性分だよ」

「蹴った糞？」

その拍子にたまっていた涙がひっこんで、ぐすっと鼻をすする。

「違う、違う、卦体糞《けたいくそ》が詰まったものでね。まあ、意味は似たようなもんだがね」

同じ外国人でも、黒や茶の瞳や髪の方が、親近感を感じるものだ。日本人とはもっとも遠い外見の美人に、急にほっこりとした親しみを覚えた。

「気にするこたぁないさ。いちいち真に受けるのは、すっとこどっこいのやるこった」

ぶふっと叶人がふき出した。

「県営王が蹴った糞で、おれがすっとこどっこい。虎之助がトウヘンボクかあ。十歳は？」

「おたんこなすかね。間抜けって意味さ」

「誰がおたんこなすだ！」

「虎之助じゃない、十歳だよ。虎之助はトウヘンボクだろ」

「朴念仁《ぼくねんじん》とはよう言われたが……」

悪口の話題で盛り上がりはじめた三人に、奪衣婆はほっとしたように肩を落とす。

「誰より退屈してるのは、おまえさんだろ。格好の話相手ができて嬉しいのはわかるが、おまえの方こそはしゃぎ過ぎだ、懸衣翁」

そうか、と呟いた厚ぼったい唇が、ゆっくりと片端を上げた。

「叶人、此度《こたび》はおれを手伝ってくれ」

舟に乗り込むと、十蔵が言った。

「いいけど、何するの？」

「そろそろ舟の操り方を、覚えておいた方がよかろう。櫓《ろ》の扱いを仕込もうと思うてな」

ちらりと、客に目を向ける。大量殺人犯の隣に、叶人を座らせたくはない。十蔵らしい気遣いのようだ。叶人も正直、男が怖い。言われるままにおとなしく、十蔵と向かい合わせに、ブーメラン形の櫓に両手をかけた。

虎之助もまた、十蔵の意図に気づいたようだ。けっと川面に唾を吐き、あてこすりのように舳先から声を張り上げた。

「そんなガキ、いちいち甘やかすんじゃねえよ。だいたいそいつがよけいな茶々入れやがるから、肝心要《かなめ》の話をききはぐれちまったじゃねえか」

虎之助の棹の先が、船着場に近い岸を突き、舟が方向を変えた。

戦場だけで、何故人殺しが認められるのか。その疑問がまだ解けないようだ。

「たぶん、ルールを守れってことだよ。規則とか決まりとか、それなしに手当たりしだいに殺したら、大変なことになるだろ」

さっきの話を我流で訳しながらも、何となく腑に落ちないものを感じる。真であり偽でもある。永久歯が生えはじめた頃のような、どっちつかずの嚙み合わせの悪い感覚が残る。

「他人が勝手に押しつけた決め事を、何だっておれが守らなくちゃならねえ。だったら、おれに決めさせろ」

「おまえに任せれば、百鬼夜行の世の中になるだろうが」十蔵がすかさず反論する。

「大いに結構じゃねえか。おれみてえに、人を潰すのが楽しくてならねえって奴も、たんといる。現に目の前にもな」

舟の真ん中で背中を丸めている男を、にやにやと見下ろす。

「人なんざ、呆れるほど弱え。槍のひと突き、刀のひと振りで、地に倒れ、ただの木偶《でく》になる。さっきまで笑ったりしゃべってたりしていた連中が、骸《むくろ》という物になる。血を流し白目を剝《む》いて、赤い舌が口からだらりと垂れてな」

ぶるっと、叶人のからだが震えた。「よさんか」と十蔵は止めたが、虎之助はきかない。

「野っ原に何百何千と骸がころがって、戦が終わると、山犬や鳥が群れてくる。腸《はらわた》だの目玉だの、柔らかいところから食われるんだ。そんな無体を働かれても、叫び声さえあげねえ。ぱかっと口をあいて、間抜け面をさらしてるだけだ。目玉の失せたからっぽの目で、空を見上げてるんだ……あんなもん、人でも何でもねえ」

スプラッタ映画ばりに、気持ちの悪い内容だ。それでも叶人は、虎之助の顔から目を離さずに、黙ってきいていた。

叶人への嫌がらせのはずが、いつのまにか虎之助は、叶人ではなくまだ見えぬ彼岸に向かって語っている。その横顔はもう、笑っていなかった。目ははるか彼方を見ているようだ。

「だからおれは、楽しむことにした」

見慣れた意地の悪い笑みが、ふいにふり向いた。

「他人もてめえも、桶《おけ》やザルと変わらねえ骸となって果てるだけだ。それなら存分に楽しむ方がいいだろう？　おれはその楽しみを覚えていてな。だからいく度生まれ変わっても、人を殺し続けたんだ」

「覚えてるって、まさか……」

前世を思い出すのは、彼岸に渡ったその後だ。生まれ変われればまた、一切を忘れてしまう。

虎之助や十蔵が七代前まで記憶しているのも、新たな生を得ずにいるからだ。叶人はそうきいていた。けれども十蔵は言った。

「虎之助の話は、まことのことだ。前に爺殿や婆殿からきいたことがある。もっとも頭に留めているわけではなく、いわばからだが覚えているのだそうだ」

虎之助には、地蔵玉を探り当てるほどの動物的な勘の良さがある。その鋭さが、前世の記憶を刻みつけている所以《ゆえん》だろうと、ふたりの鬼は推測を述べた。

戦場で、多くの敵を蹴散らした。殺せば殺すほど、勇猛だ、果敢だと褒められて、恩賞をもらう。その達成感や高揚感を、虎之助は忘れられない。そしてからだから消えないものは、もうひとつあった。

「頭で忘れても、しみついた血のにおいは消えぬ。新たな血を求めて、酷《むご》い所業をくり返すのだ。そのために、六度も地獄に落とされてな」

「六度？　七度じゃないの？」

前のふたりをはばかって、十蔵は声をひそめて話していたが、つい大きくなった叶人の声に、虎之助が船尾をじろりとにらむ。

「何だ、地獄行きの話か」

相変わらず、察しだけはいい。嫌な笑みを浮かべながら、その後を自分で続けた。

「な、おかしな話だろ？　いっとうたくさん殺したときは、地獄送りにならなかった。なのに十や二十っぱかり殺しただけで落とされる。人の世のみならず、あの世の裁きも妙ちきりんだ」

「戦争は、彼岸でも特別扱いってこと？」

「いや、爺殿はたしか……何といったか……ああ、ソウタイだと説いておられた」

早退とか総合体育館とか出た後で、ようやく相対にたどり着いた。アインシュタインが唱えた相対性理論の相対だ。

閻魔大王が裁く罪の重さは、かっきりこうと定められているわけではなく、生きた時代の世相や環境、個人の事情などによって変わる。法律もまた、人を何人殺せば死刑だと、六法全書に挙げられているわけではなく、それと同じことのようだ。

「戦乱の世であれば、人心も乱れる。兵はむろんのこと、百姓町人の暮らしもすさむ。それだけ悪心を起こす者も多い故、そのあたりも顧みて裁きを下すそうだ」

「そっか……よく考えたら、戦争を指揮した王さまや殿さまが主犯。いちばん悪いってことになるもんね」

その論法だと、織田信長も豊臣秀吉も、権力者はすべて極悪人だ。やはり必ずしもそうではなく、同じ時代、同じ場所に生きた者たちを並べてみて、突出して悪いと判断された者だけが地獄に落ちる。相対とは、そういう意味に考えていいようだ。

「その場その時でころころ変わるなんざ、いくら首をひねっても、おれにはまるきりわからねえ」

「虎之助みたいな筋肉バカじゃ、首を三百六十度まわしてもこたえにたどり着かないよ」

憎まれ口をたたいたけれど、同じ納得のいかない感覚は、やっぱり叶人の中にも残っていた。2÷3は、決して割り切れない。小数点の後に、どこまでも6が続く。どんなに一生懸命6を追っても、最後の6を見つけることができないように、大人になってても出ないこたえなのかもしれない。

「地獄って、本当にあるんだな」

それまでずっと、頭の上越しに舟の前後で交わされる話を、黙ってきいていた男が、ふいに口を開いた。

「いまの話がたしかなら、おれは地獄行きってことか」

「まあ、間違いねえだろうな。運が良ければおれのように舞い戻れるかもしれねえが、それまでたっぷりと苦しむんだな」

「地獄から六度も戻った奴なぞ、おまえより他にきいた試しがないわ。大方は責め苦に耐えかねて、一度落ちれば二度とは……」

血も涙もない虎之助の激励に、十蔵は説教を垂れるつもりだったのだろうが、ついよけいな情報まで漏らしてしまった。十蔵は、途中で話を切ったが遅かったようだ。

「二度と戻れないって、どういうことだ？」

男が初めて顔を上げた。舳先に立つ、虎之助と目を合わせる。

「地獄の勤めを終えれば、また輪廻の輪に戻って転生するときいたことがある。仏教では、そうなっているんだろう？　現におまえは戻ったんだろ？　地獄から二度と戻れないなんて、永遠に苦しみ続けるなんて嘘だよな？」

不安にとりつかれ、男は急に饒舌《じょうぜつ》になった。虎之助のこたえを待たず、矢継ぎ早にたずねる。

「地獄って、どういうところだ？　針山とか血の池とか……いや、人を殺した者は、生きたままからだをバラバラにされて、鬼に食われるときいた。本当に、そうなのか？」

「んなもん、坊主が作った絵空事だ。地獄には、何もねえ」

虎之助は、不愉快そうな表情で、男から目を逸らした。

「何もねえから、耐えられねえ。あんなとこ、思い出すのも御免だ」

「十蔵、どういうこと？」叶人がたずねた。「十蔵は、地獄で牢屋番をしてたんだろ？」

ああ、とため息のようなこたえが返った。

「虎之助の話は、本当だ。地獄には、何もない。光も闇も天地もないところで、地獄に落ちた魂は、ただ浮かんでいるだけだ」

牢とは、魂がひとつずつ閉じ込められる、その空間のことだという。

「それじゃ、何の罰にもならないじゃん」

「いや、そうではない。罪人はそこで、己の過ちを、己が封印していた思い出したくもない過去世を、くり返しまのあたりにする。来る日も来る日も、ただそれだけだ」

「思い出したくもない、過去……」

とたんにキーンと耳鳴りがして、嫌な悪寒がからだを覆った。また青い橋が浮かんだけれど、思い出したくもない過去とは、青い橋に至るより前のことだ。

「そんなこと、されたら、きっとおかしくなる」ごくりと、生唾を呑んだ。

「狂うことすら許されず、魂はしだいにすり減っていく。たいがいの者はそうやって、心を削られながらゆっくりと死んでいく……非道を働いた者たちとはいえ、哀れな末期《まつご》よ」

そのようすを見届けて、魂の消滅を十王に知らせるのが、十歳の役目だった。やさしいこの侍には、辛い務めだったに違いない。表情はひどく暗い。

逆にそんな刑を六回も受けて、ぴんぴんしている虎之助は、相当なつわものであると同時に、人類史上稀に見る極悪人ともいえる。

「……いやだ……そんなの、耐えられない……いやだ、いやだ、いやだ」

舟の真ん中で、背中を丸めた男から、呟きが漏れた。

「おれは、過去なんて見たくない！　惨めで哀れなおれなんて、二度と見たくないんだ。だから、だから殺ったのに！」

男が突然、弁舌をふるい出した。真面目にこつこつ努力しても、自分は敗者のままであり、誰にも顧みられない。こんな不公平な世の中に未練などない。だが、どうせ死ぬなら、自分の存在を、思いきり誇示して死にたい——。

共感できることは、ひとつもなかった。

「そんなことで……九人も……」

「おまえに、何がわかる」男がくるりとふり返った。「おれもおまえくらいのときは、未来は明るいと思っていた。だが、大人になればわかる。人生なんて辛いばかりで、良いことなどひとつもないってな」

「そんなこと、いまでも十分わかってるよ」

ばかばかしいと、吐き捨てたい気分だった。正確な歳はわからないが、二十代後半といったところだろう。いい大人が、いまさら何を言っているのか。

「だけど、おれより辛い思いをしてる奴もいる。それでもどうにかやり過ごしてるんだ。おれと同じ子供が我慢してるのに、大人のあんたはキレて大量殺人かよ」

「おれは、おれを蔑《さげす》んでないがしろにした、世間に復讐したかっただけだ。こんな世の中はいけないと、警告を発してやったんだ。目立つのは、ほんのひと握りの連中だ。幸せをつかみ、この世を謳歌するのは、ひと握りの選ばれた奴らだけだ。おれはそれを……」

「あんたはただ、目立ちたかっただけじゃないか！」

長い能書きの、それがただひとつの、つまらない真実だった。

「目立つために、てっとり早い方法をとった。それだけだろ？」

急所を突かれたように、男がだまり込む。十蔵が、そんな男を一瞥《いちべつ》する。

「哀れな奴だ。おまえの上げた花火なぞ、ほんの一時しか世人の目には映らない。おまえを生涯怨み通すのは、殺された者たちの身内だけだ」

「まったくだ。薄汚ねえ花火なんぞ、誰も見たかねえ」

めずらしく、虎之助がふたりに賛同したが、あまり説得力はない。

「虎之助だって、人のこと言えないだろ」

「このクソつまんねえ野郎と一緒にすんな。おれはただ、向かってきた連中を、たたきのめしてやっただけだ」

「そういうの、目糞鼻糞っていうんだよ」

「誰が鼻糞だ、この野郎」

ふたりのくだらない諍いを、「待て」と十蔵が短く制した。

「あれは、何だ」

十蔵が見詰める方角に、叶人と虎之助が顔を向けた。舟の進行方向に、信じられないものが立ちはだかっている。

「竜巻だ！」

真っ黒な竜巻が、唸《うな》りをあげながらのたうっていた。濃い緑色をしていたはずの川は、いつのまにか黒く色を変え、その水を巻き込んだ渦巻が空へと繋がり、漆黒の柱となって近づいてくる。

「……どうしておれが、馬鹿にされる……あんなに真面目にやっていたのに、どうして誰もわかってくれない……どうしておれの隣には誰もいない、あの街にはあんなに人がいたのに……おれを見てくれる者は、ただのひとりもいなかった」

舟の真ん中に陣取った男だけが、さっきよりいっそう背中を丸め、呪詛《じゅそ》のようなことばを吐き続ける。

「あの竜巻は、あいつのせい……」

真っ黒な水柱が、眼前いっぱいに広がった。

叶人！　と叫んだ十蔵の姿が、見る間に遠ざかる。そこから先はわからなくなった。

＊

頬にぴたぴたと何かが当たる。気になってまぶたをあけると、十蔵の顔が真上にあった。

「よかった、叶人。目が覚めたか」

心配顔が、ほっとしたようにゆるんだ。何だかいつも、同じ表情を見ている気がする。ただ今回は、十蔵の頭にちょん髷は載っていなかった。

「叶人だけ、魂が入りそこねたのではないかと、案じておった」

十蔵に背中を支えられ、ゆっくりと上半身を起こす。きょろきょろと辺りを見回した。

「ここ、どこ？」

木が並んだ林の中だ。ただ、この前行った埼玉県の林とは趣きが違う。中橋家の裏手に広がっていた林は、もっと鬱蒼《うっそう》としていた。けれどいまいる場所は、木々のあいだに適度な間隔が置かれ、下枝もきれいに払われている。何より叶人が座っているのは、よく手入れされた芝生だった。自然林ではなく人工の林、たぶん規模の大きな公園だ。その証拠に林の向こうから、車の行き交う音がひっきりなしにきこえる。

「現世ではあるのだが、すまぬな、どこかはわからん」

「……いつ、こっちに来たんだっけ？」

きいてから、ようやく思い出した。あの黒い竜巻に呑み込まれたのだ。

「あの竜巻のために、我らの魂は三途の川の水底から、現世に流されてしまったようだ」

「そんなこと、あるんだ」

「おれも初めてだが、どうやら二鬼にとっても計り難い災難のようでな」

「ダ・ツ・エヴァや県営王も……？」

不安が氷みたいに、首の後ろから背中にかけてすべり落ちた。あのふたりにとって不測の事態なら、かなり深刻な状況なんだろう。

叶人の不安を読みとったように、十蔵がぽんと肩に手をおいた。

「案じることはない。いま、虎之助が爺殿と話をしていて……」

「ああん、何だって？　んな大ざっぱな見当じゃ、探しようがねえだろうが！」

十蔵の背中から、苛立っただみ声が響いた。ふり向くと、一本の木の根方にあぐらをかいた虎之助が、梢を見上げながら怒鳴り散らしていた。耳をすます格好で、耳の後ろに両手を当てている。

「ひょっとして、あの木が携帯になってるの？」

以前、県営王に、携帯のような便利ツールはないのかと、叶人はきいたことがある。現世にいるあいだ、何かあったらふたりの鬼に指示を仰ぐためだ。けれど現世とあの世を結ぶ交信機器などないそうで、「まあ、いざとなったら、何か方法を考えてみるよ」と、県営王にはアバウトに返された。


現世に行けば嫌でも目にするから、十蔵も携帯電話が何なのかは知っている。

「いわば虎之助自身が、携帯とやらの代わりのようだ」

いくらあの世から声を送っても、この世の人間にはきこえない。叶人や十蔵も同じだが、人一倍勘の鋭い虎之助だけは、辛うじてその声をキャッチできるようだ。

「県営王の言ってた方法って、これだったのか」

ひとまず納得したが、電波状態は最悪のようだ。

「だから、きこえねえって言ってんだろ！　このざわざわいう音をどかさねえと、さっぱり伝わらねえんだよ！　ちきしょう、これじゃあ祭の人込みと変わんねえじゃねえか」

「……会話、成立してないね」

「まったくだ」

虎之助の拙いボキャブラリーでは、受信端末としてはあまりに性能が悪い。ため息をつきながらも十蔵は、虎之助の罵声を、辛抱強く繋げた結果を叶人に語った。

「どうやら我ら三人の魂は、ばらばらに地上に落ちたらしいのだが、それを婆殿の力でこの場所に集めてな、からだを送ってくれたようだ」

「そうだったんだ……そういえば、地蔵玉は？」

「やはり我らとともに現世に落ちた」

地蔵玉の落下地点としてもっとも確率が高く、さらにそこから近い、人目につかない場所として、この公園の中の林に三人を集めたようだ。

「だから、どっちの方角だってきいてんだよ。おい、ジジイ、きこえねえぞ！」

さらにしばらく怒鳴り散らしていたが、虎之助は諦めたように、耳に当てていた両手を下ろした。

「ちっ、途切れちまいやがった。クソの役にも立たねえじゃねえか」

どうやら交信が、途絶えてしまったようだ。虎之助は舌打ちしたが、顔はあきらかに疲れている。「ごくろうだったな」と、めずらしく十蔵がねぎらった。

「県営王、何だって？」

「相変わらず長々としゃべっていたが、さっぱりわかりゃしねえ。まるで両国広小路のただ中にいるように、頭の中でざわざわと音がしやがる。そっから時折ジジイの声が、大根の切れっぱしみてえに、ぶつりぶつりときこえるんだ」

頭の中で声がするなんて、それだけでも気味が悪い。さらに雑音がひどくて、さすがの虎之助も消耗したようだ。要点だけをふたりに伝えた。

「ここは代々木村で、ひとまず渋谷村に向かえってよ」

「村って、何？　代々木や渋谷が村のわけないだろ」

「昔は狐《きつね》や狸《たぬき》が出るような、田舎の村だったのだが。いまは違うのか？」

十蔵の説明に、へええと叶人がびっくりする。そして、あれ、と気がついた。

「そういえば、代々木って言ったよな？　そうか、代々木公園か！」

自分たちのいる場所がわかり、急に叶人が元気づく。駆け足で林を抜けると、思ったとおり遊歩道が左右に延びていた。のどかに散歩する、カップルや家族の姿が見える。

「たぶん、こっちかな」

車の音のする方角に定め、遊歩道を先へ進む。十蔵と虎之助も後ろに続き、まもなく広い通りに出た。

「あった！　国立代々木競技場だ」

銀色の巨大なエイのような、独特の形の建物が通りの右手に居座っていた。

県営王は、地蔵玉が渋谷にあるかもしれないと言ったそうだが、それ以上の詳しい情報は、虎之助携帯ではつかめなかったようだ。

「とりあえず、ここをまっすぐ行けば、渋谷のスクランブル交差点に出るはずだけど」

競技場は、代々木公園の南端に位置する。公園の西側を走る井ノ頭通りを、三人は南に向かって歩いた。去年、叔母に連れられて、フィギュアスケートの大会を見にいった。会場が代々木競技場で、その後に渋谷まで歩いて食事をしたから、この道はよく覚えていた。

「渋谷駅周辺とは限らないしなあ。他の情報、何かないのか？　だいたい、どうして渋谷なんだよ」

「わかんねえよ。ジジイが何やら喚いていたが、さっぱりきこえなかった」

「あとはこの男の鼻に、頼るしかないのか」

「うるせえ、犬と一緒にすんな。何よりこんなに臭くっちゃ、においなんてわからねえよ」

「まあ、それにはうなずけるがな」と、十蔵も顔をしかめる。

井ノ頭通りを行き来する車の排気ガスが、ふたりにはことさらきつくにおうようだ。

目も耳も鼻も、驚くほどに鋭い。五感だけでなく、力も強いし歩くのも速く持久力もある。

文明が発達すると、そのぶん人間の能力は衰えるようだ。

「頼むから、もう少しゆっくり歩いてよ」叶人は途中で音をあげた。

渋谷が近づくにつれ、人口密度が高くなる。現代っ子の叶人ですらも、渋谷の人込みにはげんなりする。江戸時代生まれには耐えられないように思えたが、意外にも人の多さにはふたりは慣れていた。

「たいした混みようだな。こりゃあ、両国広小路にも勝るとも劣らねえ」

江戸の人口は、叶人が考えていたよりも、ずっと多いようだった。ただ、渋谷も代々木も六本木も、さっきふたりが言ったとおりのひなびた村で、両国広小路という場所が、もっとも繁華な通りだったという。

「両国って、両国国技館の両国？　国技館てのは、相撲をやるところでさ」

「相撲が開かれるのは、回向院《えこういん》であろう」

「エコー印て何だっけ……そういえば、両国には江戸東京博物館があるよ。江戸時代のものがいっぱいあるんだ。今度三人で行こうよ」

相変わらず嚙み合わない会話を続けているうちに、渋谷駅前に出た。ハチ公出口の向かい側だ。そのまま道を越えようとするふたりの腕を、叶人はあわてて引っ張った。

「信号、赤だし。とび出したら、車に轢《ひ》かれるよ」

「天下の往来を渡るのに、何のはばかりがあるのだ？　見たところ大名行列の姿もないが」

「車ってのは、あの鉄の暴れ馬のことだろ？　面白え、いっぺん勝負してえと思ってたんだ」

「死ぬってば」

虎之助を抑えながら、十蔵を奇異の目で見るサラリーマン風のおじさんに苦笑いを返す。

やがて信号が変わり、車の流れが止まると、虎之助が言った。

「妙な模様だな。まるで蜘蛛《くも》の巣みてえだ」

縦横斜めに走る横断歩道が、そう見えたようだ。その蜘蛛の巣に、今度は堰を切ったように人波が、四方八方からいっせいに流れ出す。渋谷のスクランブル交差点だった。

「それにしても、この鉄の馬は、見れば見るほど不思議なものだな」

「鉄だけで走るはずがねえ。やっぱりあの箱の下で、馬が走っててんじゃねえのか？」

「あの高さでは、下には亀くらいしか入らぬぞ」

ある程度免疫はできても、自動で走る車の存在に納得がいかないようだ。道を渡る途中で、停車中の乗用車を前に、ふたりがしきりに感心する。

「やば、信号変わっちゃうよ。早く渡らないと」

悠長《ゆうちょう》に話しているうちに、歩行者用の信号は、青が点滅しだしている。

「渡るのはいいが、叶人。どこへ行くつもりだ？」

十蔵に問われ、あ、と気がついた。たしかに目的地が定まっていない。

「虎之助、何か感じないの？　方向だけでもいいからさ」

「こうも人が多いと、気配もへったくれもねえよ」

頼りの虎之助の勘も、さっぱり働かないようだ。人間携帯の疲れが、抜けていないのかもしれない。ひとまず駅方向に道を渡ると、信号が変わり、ふたたび車が行き交いだした。

犬の像の前は、待ち合わせの人であふれている。その上にある太陽は、わずかに左に傾いていた。時計を見ると、十一時四十一分だ。

「困ったなあ。渋谷の、どこに行けばいいんだろ」

県営王の言った渋谷が駅ではなく、区を示している場合もある。そうなると、探す範囲が広すぎる。何より今回現世に来たのは、いわば突発の事故だ。おかげで地蔵玉の持ち主である男のプロフィールを、まったく把握していない。

「考えてみたらおれたち、あの男の名前も知らないし。地蔵玉がありそうな関連場所も、まるでわからないよ。こうなると、カローンもお手上げだ」と、空を仰ぐ。

そのとき、叶人の後ろで信号待ちをする男女の声が耳に入った。

「どこ行く？　この前のネカフェにするか？」

「やだあ、またやらしいことするつもりでしょ。昼間っからやめてよね」

思わずきき耳を立てたのは、意味深な会話のせいじゃない。叶人がぐるんとふり向くと、カップルがびっくりしたように会話を止めた。案外地味な格好の、大学生くらいの彼氏の腕に、こちらはやたらと透明度の高いフリルのついたブラウスに、ミニスカートの彼女がべったりと張りついていた。

「いまの話のネットカフェ、どこにある……んですか？」

背中の十蔵を思い出し、途中からていねいなことばを使った。

「……すぐ、近くだけど」彼氏の方がこたえた。

「カップルシートが、あるってことだよね？　カップルじゃなくてもオーケーかな？　たとえば男三人、二・五人でもいいから、入れるボックスとかないですか？」

矢継ぎ早にたずねると、男女が顔を見合わせる。男の方が、先に口を開いた。

「たしか、あったと思う。できたばっかの店でさ、トリプルもあったような……」

「うん、数は少ないみたいだけど」と、彼女が補足する。

「そっか、ありがとうございます。あと、もうひとつききたいことがあって」

車の側の信号が、黄色に変わった。横目で確かめながら、急いで質問を口にする。

「最近、渋谷で、何か大きな事件が起きてませんか？　人が九人も殺されたとか」

「無差別殺人のことだろ。ちょうど一週間前、ここで起きた」

「ここって、ここ？」と、叶人はアスファルトの地面を指差した。

「そうよ、このスクランブル交差点で、男がいきなりナイフをふりまわして。未だにニュースでもやってるでしょ」

きれいに整えた眉を彼女がひそめ、彼氏にぎゅっとしがみつく。

「そっか……この場所だったのか」

「ただ、たしかに九人刺されたけど、死んだのは三人だ。テレビ、見てないのか？」

「え、と……昨日、海外から帰国したばかりで」

へえ、とふたりが納得顔になる。信号が変わり、また蜘蛛の巣のように横断歩道の白が張り巡らされた空間に、人の波が流れ出した。

「さっきのネカフェなら、ここを渡った先、センター街から一本外れた奥の方だ」

若いカップルは、案外親切に場所を教えてくれてから、違う方角に斜めに道を渡っていった。

「目的地、決まったよ。ひとまず情報収集と、休憩だ」

カップルとの会話のあいだ、めずらしく口をはさまなかった虎之助と十蔵をふり返る。ふたりは同じ表情で、離れていく男女の背中を見送っていた。

「あの女は、遊び女《め》か？　胸や足をああまで見せて歩くとは、由々しきことだ」

「ここいらは、色街なんだろうよ。見てみろ、皆同じような格好の女ばかりだ」

「長崎の出島のように、異国の者たちが住まう場所なのかもしれん。やたらと髪の赤い者ばかりが目立つからな」

十蔵と虎之助が、何をどう勘違いしているのか、何となく察しはつく。

「いいから、もう行くよ。歩いたから、喉が渇いちゃった」

説明するのも面倒で、ふたりを先導し、蜘蛛の巣のような交差点を斜めに渡った。


「トリプルでございますね。おひとりさま三十分で二百円、以後、三十分ごとに百円が加算となります。お会計は、お帰りの際で結構です」

ネットカフェというより、水族館みたいだ。新しい店らしく壁や廊下はぴかぴかで、照明を落とした空間は、ブルーが基調になっていた。

「とりあえず、一時間で。ドリンクはフリーだよね？」

「はい。ドリンクの販売機は、あちらになります」

若い男性店員が、漫画の詰まった本棚の向こうを、にこやかにさし示す。

「よかったね、ゲイのカップルにされなくて」

暗いフロアを行きながら、背中のふたりにそう言った。

「何かわからねえが、妙にむかむかする」

意味は通じなくとも、虎之助は嫌な感じを嗅ぎとったようだ。

ネットカフェはひとり部屋が圧倒的に多いが、このふたりから目を放すのは危険すぎる。トリプルシートに空きがなければ、十蔵と虎之助を男同士のカップルに仕立ててでも、ふたり部屋を確保するつもりでいたのだ。

「あ、そうだ、飲み物」

途中で自販機が並ぶコーナーに寄って、ドリンクを調達する。

「ふたりは何がいい？」コーラのボタンを押してからたずねた。

「それは何だ？」と十蔵が、叶人がとり出した紙コップの中身を覗く。

「コーラ。美味しいよ」

「甲羅？　亀の甲羅の煎《せん》じ薬か。滋養には良さそうだが」

十蔵が言って、さすがにぶっとふき出した。

「亀は関係ないよ。そういう名前なの」

「おれは苦い煎じ薬なぞ、ごめんだぞ」と、虎之助が顔をしかめる。

「だから薬じゃないって。甘いよ。飲んでみる？」

紙コップを受けとり、虎之助がぐいとひと息にあおる。だが、たちまち目を白黒させて、口から盛大に吐き出した。

「ななな、何だ、これは！」

「そんなに苦いのか？」十蔵がたずねる。

「いや、苦くねえ、甘い。甘いが、すげえ薬くせえのと、それに口や喉でぱちぱち弾けやがる。まるで線香花火でも飲み込んじまったみてえだ」

自分の喉を両手で押さえながら、虎之助は大騒ぎだ。

「炭酸、ダメなのかよ。もう、いい大人が汚すなよ」

気づいたらしいスタッフが、モップを片手に駆けつけてきた。


三人用の長椅子と、パソコンが三台載った机で、部屋はいっぱいいっぱいだ。

虎之助は、トリプルルームに着く早々、「狭い」と文句を言った。

「三人部屋とか申したが、ここは旅籠《はたご》か？」

「舟宿じゃねえのか？　この暗さといい、男と女がしけこむにはぴったりだ」

「旅館やラブホとは違うよ。ネットカフェっていうのはね」

ハタゴや舟宿の正体をきいてから、ネットカフェについて軽く講義する。

「なるほど、風呂屋の二階か髪結床のようなものか」との結論にふたりは達した。

昔は風呂屋の二階や美容院に、碁盤や将棋盤、滑稽本などが置かれていて、庶民の社交場になっていたという。

「へえ、ゲームや漫画があるなら、たしかに似てるかも」

雑談しながら互いに情報交換する場でもあったというから、かなり近いかもしれない。

「これでも広い方だよ。前に一度行ったとこは、もっと狭くて古くて……」

ふっとそのときの光景が浮かび、思考がそちらに引き寄せられる。友達が漫画の続きが読みたいと駄々をこね、友達のお父さんが連れていってくれたのだ。

『いいよなあ、漫画も読み放題、ゲームもし放題、ジュースも飲み放題だ』

どう思い返しても、笑顔しか出てこない。あの頃は、どちらも笑ってばかりいた。

「涼真《りょうま》……」

つい、口からこぼれてしまった。「どうした、叶人」と十蔵が、不思議そうに見ている。

「何でもないよ」と叶人は、パソコンのマウスを握った。

「この平べったい箱は何だ?」虎之助が、PCのモニターの裏側を覗く。

「最初に現世に来た折に、習うたであろう。テレビというものだ」

「これはテレビじゃないよ。まあ、テレビも映るけどさ」

叶人がここに来たのは、情報収集のためだ。

七日前の大事件なら、新聞やニュース報道をネットで閲覧できる。日が浅いから、犯行の動機とか犯人の生い立ちとか、その手の情報の精度は落ちるかもしれないが、少なくとも地蔵玉の持ち主の名前や、事件の詳細はわかるはずだ。

「今度からは県営王に頼んで、スマホを持たせてもらおうかな。どこでもネットが使えれば、いざというとき便利だし」

検索エンジンを立ち上げて、今日の日付を確認する。九月二十二日。叶人の事件から、十五日が過ぎていた。

「七日前だから、九月十五日か……渋谷、スクランブル交差点、これでいいかな」

キーワードを入力し、検索ボタンを押すと、画面が切り替わった。

「うわ、いっぱいあるなあ」

ヒットした件数だけ見ると、二千万件を優に超えている。このすべてが該当するわけではないのだろうが、それだけ関心が高いことが窺える。

「とりあえず、一番目でいいか」

検索結果の最初にあったのは、新聞の記事だった。渋谷無差別殺傷事件と見出しがある。

「あのお客の名前、わかったよ。野田輝幸《のだてるゆき》、二十七歳だって。ほら」

と、叶人が新聞記事を示す。叶人の両側から画面を覗き込んだものの、どうもふたりの反応が鈍い。

「たたうとるて……何だ、こりゃ、さっぱりわからねえぞ」

「店の看板のように、横に読むのであろう……たけつりきに……ううん、通じぬな」

「ひょっとして、右から左に読んでる？　逆だよ、逆。左から右にこう読むの」

叶人が画面上を指で示し、ひどく読み辛そうにしながらも、ふたりが新聞記事に目を凝らす。

「そっか。九人殺したって言ってたけど、九人刺したって意味だったんだ。死んだのはそのうちの三人だけど、その場で射殺されたからわからなかったんだ」

事件は九月十五日、午後一時過ぎに起きた。その日は土曜日で、渋谷のスクランブル交差点は、いつも以上に人が多かった。

歩行者信号が青になり、人々が縦横に行き交うその真ん中で、男がいきなり通行人を切りつけた。最初の犠牲者は、交際していた二十歳の男性と十八歳の女性だった。

とっさに頭の中に、さっきこの店を教えてくれた男女が頭に浮かんだ。最初の会話をきいた限りではバカップルっぽかったが、話してみると案外親切だった。たぶん同じような、ごくあたりまえの人たちだったんだろう。あのふたりが、道路を渡りきる前に刺されたと想像すると、やっぱりかわいそうだと思う。

次に襲われたのが、買物に来ていた二十八歳女性。その次が友人との待ち合わせ場所に向かう途中の十七歳の男子高校生。場所が渋谷だけあって、被害者は圧倒的に若い人が多い。

九人の犠牲者のうち、四十代がひとりだけいて、十代が三人、二十代が四人。さらに三十二歳の警察官が負傷していた。

そのうち最初に刺されたカップルの女性と、四人目の男子高校生、さらに二十四歳の女性が、出血多量で亡くなっていた。あとの六人も、いずれも重傷を負っている。

凶器は犯人が前日に購入した、サバイバルナイフ二本だ。六人を刺したところで血で刃がすべり、一本を投げ捨てて、二本目をとり出したとある。

「あ、ここ見て。警察官の発砲について書かれてる……ひとつ間違えば、周囲にいた一般人に当たる可能性があった。短慮に過ぎると言わざるを得ない、だって」

「いまの捕方《とりかた》は、十手《じって》の代わりに種子島を携えているのだな」

自分なりに解釈したらしい十蔵が、きまじめにうなずく。日付の違う記事をいくつか閲覧したが、虎之助は早々に飽きてしまい、長椅子の奥の窓にもたれて、ものの三秒で居眠りをはじめた。十蔵だけは読みにくい字面を、叶人と一緒に懸命に追っていた。

虎之助のいびきに顔をしかめながら、叶人は関連記事を探す。

「あの交差点の真ん前には、交番がある。そこからすぐに警官二名が駆けつけたんだ。交番、わかる？」

「自身番のようなものであろう」と、すぐに十蔵は応じた。

ナイフをふりまわす犯人に対し、年長にあたる三十二歳の警官が説得にあたり、もうひとりは威嚇《いかく》目的で拳銃を構えた。その二十四歳の若い巡査は、『あくまで威嚇のためであり、発砲するつもりはなかった』と、後の事情聴取で語っていた。犯人の野田は、説得しようとした警官を刺し、次の標的を、もうひとりの警官に絞った。同僚の血で染まったナイフを握りしめ、こちらに突っ込んでくる犯人に向かって、若い巡査は二発発砲した。

かなりの至近距離であったために、銃弾は二発とも犯人に命中した。威嚇射撃のマニュアル通り、犯人を足止めするつもりで下半身を狙ったようだが、目標がやや上にずれた。一発目は腹に、二発目は足に当たった。一発目の腹の傷が、致命傷になったようだ。腹部には弾《たま》が残っていたが、膝上を貫通した二発目はアスファルトに埋まっていた。下手をすれば、周囲にいた誰かに弾が当たっていたかもしれず、結果的には『恐怖にかられて発砲した』ということが、問題視されていた。

連想ゲームのように、関連記事を次々とめくるうち、専門家の考察に行きあたった。どこかの大学教授で、犯罪心理学者のようだ。

「へえ、無差別大量殺人犯て、連続殺人犯とはタイプが違うんだ」

連続殺人を犯すのは、大方が快楽殺人であり、歪な形で性的な快楽に繋がることが多い。その快楽を、できるだけ長く楽しむために、警察に捕まらないよう頭を使い、犯行を隠そうとする。

対して無差別殺傷事件の犯人は、隠蔽《いんぺい》とは逆の行動をとる。世間の注目を浴びる大きな事件を起こし、逃亡など考えてもいない。いわばやけっぱちの犯行で、引き金となるのは、強い不満だった。犯人は一様に、職場や学校、育った環境、世間や社会情勢への不満を口にする。しかし何より不満なのは、自分自身の現在の境遇だった。

だからこそ犯行現場として、学校や駅、歩行者天国などの人込みをえらぶ。

極度の不満は被害妄想を生み、自分以外のすべての人が幸せそうに映る。あたりまえの幸せを謳歌する人々に我慢ができず、犯行に及ぶのだ。

成績はそこそこ良く、真面目でおとなしい。犯人に多く見受けられる性質で、今回の野田輝幸もそのタイプだった。成績は悪くなかったが、父親がリストラに遭い、大学進学を諦めざるを得なかった。そこから彼の人生は狂いはじめる。高校を卒業し、地元である千葉県の食品会社に就職するが一年半で退職し、東京に出てきてフリーターとなるが、どこも一年ももたずに職を転々としている。彼の最後の職場が、渋谷のコーヒーショップだった。街でよく見る大手のチェーン店だが、そこも半年で辞め、その四日後に事件は起きた。

――真面目にこつこつ努力しても、自分は敗者のままであり、誰にも顧みられない。

無差別殺傷事件に多いという短絡的な動機を、やはり野田輝幸も舟の上で口にした。

しかし叶人の胸に残っていたのは、竜巻に巻き込まれる直前の呟きだ。

——どうしておれの隣には誰もいない、あの街にはあんなに人がいたのに……おれを見てくれる者は、ただのひとりもいなかった。

あふれんばかりに人が群れるこの街で、あのスクランブル交差点で、ぼんやりと佇《たたず》む姿が見えるようだ。自分を顧みる者は誰もいない——。圧倒的な孤独がそこにはあった。

強い孤独と劣等感。

そのふたつが裏返り、無理やりにでも自分の存在を世間に印象づけようとする。

「死ぬ前の、徒花《あだばな》というわけか……叶人の言ったとおりだな。ただ人目を引きたいとは、あまりに愚かな」

ただの目立ちたがりだと、叶人は舟の上で野田輝幸を非難した。小学生の叶人にも、身勝手極まりない犯行だとわかる。一方で、胸の辺りにももやもやしたものが滞っている。

自棄を起こした上での行為。それが自分にも繋がるからだ。あの青い橋での出来事は、まさしくどうとでもなれという気持ちから、起きたことではなかったか。

また半月前のことに気をとられ、よく確かめもせず画面上の一件を開いていた。

動画と声が流れ出て、十蔵が、お、と驚いた声をあげる。数日前に流れた報道番組の動画だった。女性アナウンサーの解説の後、さっき見たばかりのスクランブル交差点が目にとび込んできた。

「これ、犯行当時の映像だ。きっと誰かが、携帯で映したんだ」

交差点の真ん中に、大きな丸い輪ができていて、二ヶ所にぼかしがかかっている。不鮮明ながらも、刺されて倒れている人だと判別できた。周囲は犯人から逃げようとする人々と、駅や道玄坂から新たに流れ込む人波で混乱をきたしていたが、倒れた人を救助しようとする姿も見受けられる。

「あの男だ」

ナイフを握りしめた野田輝幸を、十蔵がさし示したとき、叶人の隣で声がした。

「見つけたぞ、地蔵玉」

いつのまにか虎之助が目を覚ましていて、自分の背中をふり返った。いちばん奥に陣取っていた虎之助の向こうには窓があり、ビルにせばめられた空が見える。虎之助は、ガラスの外を覗いていた。

「場所、わかる？」

「何か、妙な具合だ……ゆっくりと動いてやがる」

地蔵玉が近づいてきて気配がわかったのか、あるいは人間携帯で疲れきっていて勘が鈍っていたのか、その両方かもしれない。

「動いてるって、どういうことだよ」

叶人は首を傾げたが、十蔵の顔が険しくなった。

「叶人、急いだ方がいいやもしれん。死者の怨念《おんねん》を強く宿した地蔵玉は、人に憑《つ》くことがあるときいた。似た怨みを持つ者にとり憑き、同じ過ちを犯させることも……」

「待ってよ、また無差別殺人が起こるってこと？」

「そうかも、しれねえな」と、虎之助が応じた。「たぶん、地蔵玉が向かっているのは、あの蜘蛛の巣だ」

「……スクランブル交差点」

ふっと嫌な予感に襲われて、思わず腕の時計に目を落とした。あと三分で一時になる。野田が犯行を起こしたのは、午後一時過ぎだ。

叶人はふたりを追い立てるようにして、ネットカフェをとび出した。

店から交差点までは、歩いて五分、走れば二分だ。一時間前より人が増したように見える通りを猛ダッシュで駆け抜けて、目的地にたどり着いた。

「一時ジャスト。よかった、まだ何も起きてない」

七日前の惨事など嘘のように、渋谷の駅前はいつもどおりの顔を見せている。

「地蔵玉は？」

叶人はグレーの袖なしパーカーの、裾を引いた。

「ある。あそこにたまった人の塊の真ん中から、気配がする」

三人はセンター街を出た一角に立っていて、虎之助はさっきまでいた駅の方角を顎で示した。駅の構内から次々と吐き出される人々で、信号待ちの人群れはどんどん肥大する。

「やはり、人に憑いているということか、虎之助？」

「おそらくな。玉は地面から、五尺半ほど浮いている」

「おれと同じくらいか」と、十蔵が呟いた。

十蔵の背は、目算で百七十センチを切るくらいだ。男なら、そう大きな方じゃない。

「地蔵玉を頭に載せているとすれば、やはり玉に憑かれていると考えるべきだ」

十蔵がそう言ったとき、信号が変わり、人波が動き出した。相手が交差点の真ん中に到達したら、事件が起きるのではないかと気が気ではない。

「虎之助、どこ？　早く教えてよ」

焦るあまりにグレーのパーカーの裾が、伸びそうになるほど引っ張って急《せ》かした。

「見つけた。あいつだ」虎之助が、指をさす。

「あいつって、どいつ？　男でいいの？　服装はどんな？」

「白と黒の格子に、藍の袴だ」

「チェックのシャツにジーンズってこと？　そんな人ごまんといるよ。もっと目立つ特徴ないの？」

「うるせえな。てめえで確かめろ」

とたんに叶人の足はアスファルトを離れ、見える景色がまるで変わった。深い森の中にいるように、人群れにさえぎられていた視界がいきなり開けた。虎之助が叶人の脇の下を抱え、そのまま上に持ち上げたのだ。

百八十センチを越える虎之助だ。一瞬、任務を忘れるほどの、爽快なながめだった。

「すげえ！　超ワイドパノラマだ。むちゃくちゃ見晴らしいい」

「浮かれてんじゃねえよ。おら、このまっすぐ先、蜘蛛の巣を斜めに歩いてる男だ」

「ええ、どれ？」

「あれだっつってんだろ！　いま頭にばかでかい花簪《はなかんざし》をつけた女と、すれ違った」

頭にでっかい花やリボンをつけるのが、若い女性のあいだで流行っているようだ。ピンクの大きな花がポイントになり、その背中側に、虎之助の言ったとおりの姿が目にとび込んできた。

白と黒のチェックの長袖シャツにジーンズ、身長は百六十五センチくらい、小太りとまではいかないが、やや輪郭が丸い。

叶人に横顔を向けた猫背ぎみの姿は、ゆっくりと交差点の真ん中に近づいていく。

「あいつか！」

虎之助が叶人を下ろし、地面に足がついたとたん、からだが勝手に走り出していた。

「叶人、待て、無闇に近づくな！」

背後から十蔵の声が追ってきたが、足は止まらなかった。幸いこの人込みでは、小さい方が有利だ。右に左にからだをかわし、ターゲットの白黒チェックがまたたく間に大きくなる。

走りながら、ちらと時計を見た。午後一時三分。まじでやばい。

時計から、視線を戻したときだった。ふいにチェックのシャツが、大きく揺れた。

前から来た女性と、肩がまともにぶつかったのだ。

「いったーい！」

ふわふわの茶色いカールの頭が、ちらりとふり返った。こちらも天辺に、頭が隠れるくらいの大きな白いリボンを載せている。リボンの女性は、ひとりではなかった。隣の若い男が、ふり向きざまに怒鳴りつける。

「気をつけろ！」

彼女の前で、いい格好をしたかった。ただ、それだけだったのかもしれない。だが、彼は引いてはならない引き金を引いてしまった。

白黒チェックのシャツが、くるりと向きを変えた。

そしてそのままカップルの男に、体当たりした——ように見えた。

奇妙な間が、たしかにあいた。瞬き一回分の、ほんのわずかな間だ。

彼女の隣の男の膝が、かくりと折れた。支えを失った人形みたいに、膝から胸、そして頭と、前のめりに倒れた。一瞬、茫然と見下ろして、彼女が彼の横に膝をつく。

「ユウくん、どうしたの？　ユウくん、ユウくん！」

必死に彼を揺さぶる姿が、さっき交差点で会ったカップルに重なった。

それは、七日前の忌まわしい事件の再現でもあった。

男が向きを変えたために、叶人からは男のからだの左側しか見えなかった。

チェックのシャツの裾に隠れたジーンズの右ポケットから、ナイフをとり出すところはわからなかった。カップルの男性は、背中を男に刺されたのだ。着ていた黒っぽいジャケットのせいで、出血に気づくのが遅れたらしい。ようやく事態を把握した彼女が、ゆっくりと顔を上げた。ナイフを手にした男が、彼女の前に立ちはだかっていた。

すぐ傍にいた何人かが、気づいたらしく立ち止まる。倒れた男性を、助けようとしたのだろう、駆けつける素振りを見せたおばさんが、ナイフを手にした男を認め凍りつく。

気づいたのは、ほんの数人だ。こんな状況ですら、渋谷の人波は止まらない。数歩先で七日前の惨事がふたたびくり返されようとしているなんて、夢にも思わずに通り過ぎる。

男の右手が上がった。

叶人の前の人垣がようやく途切れ、ダイレクトにその光景が視界に映った。

リボンの女性は、声さえあげられない。彼の血で、赤く色を変えたナイフを、茫然と見詰めるだけだ。

「やめろ――っ！」

実際に声を発したのか、胸の中で叫んだだけなのか、叶人は覚えていない。

その行為も、女性を助けようとしたというよりも、全速力で走っていたから、からだが慣性の法則に従って急には止まれなかっただけだ。

とにかく叶人はからだごと、男に体当たりをかましていた。

体重は三十七キロと、小学六年生にしてはやや軽い。それでも十キロ米三・七袋をぶつけられたのに等しい。相手は大きくよろけ、五、六歩分は退いたが、丸みを帯びたからだのせいか転ぶには至らなかった。

反対に叶人が、はずみで尻餅《しりもち》をつく。すぐに立ち上がり、だが、そこでからだが動かなくなった。男の目の焦点が、叶人の顔の上で止まっていた。

そのときになって、ようやく叶人はリボンの女性の心境を理解した。本当に怖いときには、悲鳴なんて出ない。危険を知らせる神経伝達物質が、ものすごい速さで脳を駆けめぐり、からだの方がついていけない。結果、マネキンみたいに、妙なポーズで硬直する。

見当違いの方角から女性の悲鳴がきこえ、周囲の喧騒が、不穏なものに音を変える。それでも叶人は、マネキンのままだ。

銀の刃に赤を流したサバイバルナイフ。さっき女性に向けられていた凶器が、今度は叶人を狙っている。ふり上げられたとき、叶人は観念した。

だが、ナイフが叶人を襲う瞬間、からだが、ぐん、と後ろに引っ張られた。代わりに大きな影が、壁のように前をふさぐ。ナイフの刃が何かを切り裂いて、赤い飛沫が叶人の頬にもとんだ。自分の血ではなかった。

「とら……のすけ……」

犯人の凶器は、叶人の前に立った、虎之助の左肩を裂いていた。

「大丈夫か、叶人」

「十蔵……」

叶人のTシャツの襟首を虎之助がつかみ、後ろに放り投げた。アスファルトに投げ出されなかったのは、十蔵が受けとめてくれたからだ。

「ずいぶんとちんけな匕首《あいくち》だな。そんな小刀で、人が殺せるのか」

肩から血を流しているのに、虎之助はまるでこたえていない。ずいと前に踏み出すと、男は恐怖にかられたように、ナイフをふりまわした。刃先が、虎之助の胸や腕をかすめる。グレーのパーカーが破れたが、傷をつけるには至らなかったようだ。

「得物《えもの》と同じに、ちんけな野郎だ。そんな刃物捌きじゃ、こっちが苛々するんだよ！」

虎之助が大きく右腕を引き、くり出された速い拳が、相手の顔の正面にまともに当たった。ぐしゃりと鼻の骨がつぶれた音がきこえるようだ。決して軽くはなさそうなからだが、真後ろにふっとんで、ナイフが無機質な音を立て、アスファルトに落ちた。

おお、と感嘆混じりの声が、周囲から届く。そこまでなら、ヒーローになれただろう。

だが、虎之助は、違った。

落ちたナイフを拾い上げ、倒れた男のもとへ行き、胸座《むなぐら》を摑みあげた。

「おめえもよ、おれと同じなんだろ？　血を見るのが、大好きなんだろう？」

虎之助に摑まれたシャツの胸もとから覗く、喉仏が上下する。鼻は完全につぶれ、両の穴からだらだらと鼻血を垂らしている。それをながめながら、舌なめずりでもするように虎之助は言った。

「血を見ると、血がたぎる……止まらなくなる」

「もうやめろ、虎之助！」

十蔵が俊敏に動き、道路にしゃがんだ格好の虎之助の首を、背後から両腕で締めあげる。

「うるせえ！　人の楽しみを邪魔するな！」

力任せに十蔵の腕をふりほどき、無造作に右手をふった。ぱっと鮮血がとび散って、アスファルトに赤い水玉を作る。あちこちで、悲鳴があがった。すでに遠巻きにした人々の輪ができつつある。

「十蔵！」

「案ずるな。たいした傷ではない」

十蔵が、斬られた右腕を押さえた。言葉とは裏腹に、スーツの袖を押さえた指のあいだから、血がこぼれて甲をぬらす。白いYシャツの前にも、血がとび散っていた。

「十蔵にまでこんな……虎之助、どうしちゃったんだよ」

「あれがあやつの正体だ。ああなるともう、人ではない。血に飢えたただの獣だ」

「獣……」

背中を向けた虎之助は、サバイバルナイフの刃を、男の顎の下にはさむように据えた。

「なにせ百五十年ぶりだからな。五人や十人じゃ物足りねえ。百は行きてえところだが、この小刀じゃどこまで稼げるか」

「た……たすけ、て……」

鼻血を垂らしながら、男がぼろぼろと涙をこぼす。

「なに情けねえこと言ってやがる。喜べ。おまえがおれの最初の獲物だ」

虎之助が、柄を握る右手に力をこめた。そのまま横に引けば、やわらかい喉は簡単に裂ける。傷を負いながらも十蔵は、止める機会を窺っているが、下手に動けば相手が死ぬ。歯を食いしばりながら、じっと堪えている。

「駄目だ、虎之助」

叶人の足が、前に出た。膝が笑うとは、こういうことを言うのだろう。ぐにゃぐにゃのアスファルトを歩くように、足許がおぼつかない。ふらふらする感覚をこらえながら歩み寄り、虎之助の背中の側に立った。

「そいつを殺すな、虎之助。これは命令だ」

虎之助が、ゆっくりとこちらをふり向いた。

十蔵のことばが嘘ではないと、あらためてわかった。目は赤く血走って、歪に曲がった口許は、不気味な笑みを刻んでいた。

「ガキの出る幕じゃねえよ……それとも、こいつの代わりに最初の獲物になるか？」

「おれを、殺すの？　さっきかばってくれたのに……病院の階段でも、助けてくれたのに！」

「死ぬのが嫌なら、すっ込んでろ！」

赤い目がぎろりと叶人をにらみ、ナイフが男の喉から離れた。

「おまえみてえなガキに、何がわかる。戦も知らねえくせに、向かってくる敵の刃も、血みどろになった屍《しかばね》も、拝んだためしがねえだろうが」

叶人が、はっとなった。虎之助が見ているのは、七代前の戦国の世だ。

叶人を見ていない。虎之助が見ている舟の上で語っていた、あのときと同じだ。叶人に据えられた目は、

「同じ村から一緒に狩り出された野郎どもは、おれ以外すべてくたばった。隣の家の倅《せがれ》は、てめえの血溜まりに首を突っ込んで息絶えていた。おれの従兄《いとこ》は、馬の蹄《ひづめ》に蹴られて顔がなかった。幼なじみは腸を見せて、死にたくねえと泣きながら死んでいった。おれたち足軽は、討ち死にしたところで誰も顧みねえ。死ねばそこで仕舞い、ただの無駄死にだ」

きいてるうちに、胸がいっぱいになった。思わず虎之助にしがみつく。十蔵がしていたように、両手を虎之助の首に巻きつけたが、小さな叶人のからだは、大きな虎之助の背中におぶさっているようにしか見えない。

「離せ！　邪魔するなら、本気で……」

「虎之助は、弱虫だ！」

腕を外そうとじたばたする耳許で、思いきり怒鳴った。

「なん、だと？」

「虎之助は、誰より弱虫なんだ。弱かったから、怖かったからこそ、そんな自分を認めたくなかったんだ。怖くて逃げ出したいのに逃げられなくて、だから人を殺すのは楽しいって、無理やり自分に言いきかせたんだ！」

虎之助が、急におとなしくなった。叶人に、不思議そうな目を向ける。

「虎之助は、悲しかったんだね。仲間が死んで、辛くて寂しくてたまらなかったんだ。みんな死んじゃったのが、怖くて恐ろしくて……本当は、声をあげて泣きたかったんだ」

「泣く、だと？　まさか、このおれが……」ぼんやりとした声が返る。

「ちゃんと、泣けばよかったんだ。もう戦争になんて行きたくないって、訴えればよかったんだ。それを無理に抑え込んだから、殺人鬼になっちゃったんだ」

虎之助が、顔を戻した。ナイフを握った右手はだらりと落ちていて、相手のシャツの襟を握っていた左手を離した。半分気を失っているようで、血と涙で汚れた顔を上に向け、男はそのまま後ろに倒れた。

「逃げたりしたら、村八分だ。だいたい人一倍でかい図体をして、そんな真似できるかよ」

「それは、わかるよ……仲間外れも辛いし、情けない自分を見せるのはもっと嫌だ。死んだ方がましだって、おれだって思ってた。でも、やっぱりそれじゃだめなんだ」

虎之助を説得している。途中から、その考えすら頭から消えていた。

「村八分でも、格好悪くてもいいんだ。泣いて喚いて怒って……おれも、そうすればよかったんだ」

「何の、話だ？」

虎之助にこたえるより早く、横から声がかかった。

「武器を捨てて、子供を放しなさい！」

制服制帽の、警官だった。あわてて首をめぐらすと、いつのまにか周囲の人の輪は大きく後退し、代わりに五、六人の警官がまわりを囲んでいた。別のひとりが、刺された男性に屈み込み、応急処置をしていた。彼女はその横で、泣きじゃくっている。

さっきとは別の警官が、叶人に向かって声をかける。

「気をしっかり持つんだよ。いま、助けてあげるからね」

あきらかに励まされているようだ。武器を持った男の前に、殴られて倒れた男。たしかにどっからどう見ても、そっちが被害者で、虎之助が加害者だ。

「ナイフを置きなさい。すぐに本署から応援が来る。逃げのびることなぞできないぞ」

交差点前の、派出所勤務の警官だろうか。それにしては数が多い。別の交番から駆けつけたか、あるいは七日前の事件を受けて、増員されていたのかもしれない。

どちらにせよ、捕まったら万事休すだ。訓練を受けた警察官は、背の高低を問わずしっかりしたからだつきをしている。目の前にのびている男より、数段強そうだ。手ごたえのありそうな敵の登場に、虎之助の闘争本能に火がついた。

「何だ、てめえら、やろうってのか」

叶人を乗せたまま、虎之助が立ち上がる。ぶらりと浮いた両足を、あわてて虎之助の腰にまわす。大柄な男の威圧感に、警官の緊張が高まる。

「駄目だよ、虎之助。拳銃で撃たれるって」

「あん？　種子島なんて、どこにもねえじゃねえか」

どうやら猟銃のような、長い鉄砲しか知らないようだ。

「腰！　腰に小さい銃を携帯してるんだ。小さくても、威力はある。舟に乗せた男も、それでやられたんだから」

言って、叶人は気がついた。警官はいずれも警棒を手にしてはいるが、拳銃は抜いていない。この前、非難されたばかりだから、上から禁止令が出されているのかもしれない。

「上等だ。鉄筒相手に突っ込んでこその足軽だ」

虎之助は一歩も引かず、ナイフを構える。だが、いきなり小石でもぶつけられたように、左手で額を押さえた。

「この肝心なときに……うるせえ、クソババア！　頭ん中で喚くんじゃねえ！」

じりじりと近づいていた警官が、ぎょっとしたように立ち止まる。犯罪者にありがちな、薬物常習者か、精神鑑定が必要なたぐいに見えたのだろう。

「ダ・ツ・エヴァ？」

「ああ、ったく……わかったから、がみがみ言うな！」

きこえなくとも、内容はわかる。たぶん、『うつけ者の能なしの唐変木』だ。

「逃げろったって、逃げ道なんざどこにもねえぞ！」

自棄を起こして虎之助が空に向かって怒鳴り、呼応するように背中で鈍い呻き声がした。

ふり返ると、ひとりの警官がのびていて、その傍らに十蔵がいた。

「虎之助、こっちだ」

「あの男も、仲間か！」

別の警官が、警棒で打ちかかる。その手をとらえ、十蔵が見事な一本背負いを決めた。

「道をあけろ！　怪我をするぞ！」

十蔵の一喝に、悲鳴とともに見物人の輪がたちまち左右に分かれ、道ができた。

虎之助が向きを変え、その空間に向かって猛然と走り出す。反動で、叶人のからだが背中から落ちそうになる。

「ちっ、仕方ねえ」

虎之助は舌打ちすると、ナイフを投げ捨て、右手で叶人の尻を支えた。虎之助が左肩を負傷していたことに、叶人はようやく気がついた。グレーのパーカーの前の部分に、大きな血の跡がある。

「おれ、下りる。自分で走るよ」

「そんな暇はねえ」

人垣を抜けた虎之助が、ちらりとふり向く。叶人も倣《なら》って背後を窺うと、四人の警官が追いかけてきていた。

「止まれ！　子供を放せ！」

叶人を人質にしていると、完全に勘違いしているようだ。すぐにも追いつかれそうで、叶人は後ろに向かって叫んでいた。

「お父さんは、何もしてません！　通行人を助けただけです。あの女の人に、きいてください！」

「こんなクソガキを、こさえた覚えはねえぞ」虎之助は不満そうだが、

「お父さん？　人質じゃないのか？」

警官の歩調がゆるみ、あっけにとられた顔の向こうに、泣きじゃくる彼女の姿が小さく見えた。


十蔵があけた道の正面には、女性服で有名な１０９が見えた。

「ダ・ツ・エヴァ、どこに逃げろって？」

「人気のないところに行けと、それだけだ」

「わかった。おれが道案内する。そこの二叉、左に行って！」

叶人の指示どおり、虎之助は１０９を右に見て、道玄坂を駆け上がった。

「次を左、その先は右」

道玄坂を曲がると、その先の道はまったくわからない。それでも叶人は、細い道をえらんで指示を出した。十蔵は虎之助の傍らを、汗ひとつかかずついてくる。その姿を見たとたん、一気に緊張が解けて、叶人はぷふっと笑っていた。

「なに、十蔵、その走り方」

「何か、おかしいか？」

「どうして手と足が一緒に出るのさ。すごく変だよ」

ふつうは右足を出したら左手が出る。なのに十蔵の走り方は、右手と右足、左手と左足が一緒だった。

「昔はあたりまえであったのだが。飛脚も急ぎ旅も、この走り方だ」

「そうなんだ」

現代ではナンバ走りと呼ばれる走り方だが、叶人は知らなかった。

「それにしても、ふたりとも速いね。マラソンでオリンピックに行けるかも」

車も電車もなかった頃は、足だけが頼りだった。その時代に生きたふたりは、びっくりするほど速かった。登り坂が続き、どちらも怪我を負っている。しかも虎之助は、背中に叶人をおんぶしているのだ。なのに風を感じるほどに速く、両側の景色がとぶように過ぎ去る。

「虎之助、今度また人を殺したくなったら、走ればいいよ」

「何でおれが、そんな酔狂な真似を」

「きっとすっきりするからさ、試してみなよ」

「無駄話はそこまでだ。前を見ろ」

隣からの厳しい声に、叶人は口をつぐんだ。足が速いだけでなく、十蔵は目もいい。かなり先にある道の突きあたりに、二名の警官の姿が見えた。

「ちっ、先まわりされたか。後ろも塞がれてやがる」虎之助が、足を止めてふり返る。

かなり遠いが、坂のふもとにやはり数名の警官の姿が見える。

虎之助の背中から前後を確かめたとき、動くものが叶人の視界をかすめた。斜め前に、青地に黄色いＰの字が見える。

「虎之助、あのエレベーターに乗れ！　十蔵も、早く！」

叶人の指差す方向に、虎之助は即座に方向を変えて走り出し、十蔵も俊敏に従った。ふたりには気の進まない乗り物だろうが、いまは四の五の言う暇もない。

中華料理のテーブルを連想させる、鉄製の丸い天板の向こうで、エレベーターの扉が左右からゆっくりと閉じようとしている。エレベーターといっても、並みより幅広で、扉の速度も遅い。乗っているのは人ではなく、車だった。

「あ、おい、危ないぞ！」

係員の制止をふりきって、立体駐車場のエレベーターの内側に、三人はすべり込んだ。背後で扉が閉まり、エレベーターがゆっくりと動き出した。

「ここなら車しかいない。虎之助、ダ・ツ・エヴァに伝えて」

「おう。ババア、さっさと運べ」

鉄骨と乗用車だらけの建物の内部に、虎之助の声がこだまする。

「そうだ、地蔵玉！　どうしよう、すっかり忘れてた」思い出した叶人があわてて出す。

「地蔵玉なら、さっきまでおれに憑いていたが」

「おまえ、地蔵玉にとり憑かれておったのか」十蔵が、目を見張る。

通り魔犯を殴り倒したとき、地蔵玉はふわりと浮いて、虎之助の頭に移動したという。

「だが、走ってる最中《さなか》に頭からとれちまってな、空にとんでった」

地蔵玉は無事にあの世に返ったようだ。それでも十蔵は、疑わしげな目つきで虎之助をながめていたが、ふいに気づいた顔をした。

「叶人の言ったとおりかもしれんな。虎之助、おまえ、妙にすっきりした顔をしているぞ」

ほんと？　と覗き込んだ叶人から、虎之助がぷいと顔を背ける。

警官らしき人声が外から響き、階段を上る足音がする。

「ダ・ツ・エヴァ、早く！」

虎之助の背中で叫んだ瞬間、三人はまぶしい光に包まれていた。


「まったく、ひやひやさせないどくれ。肝っ玉が百年は縮んだよ」

帰る早々三人は、ダ・ツ・エヴァにこってりと絞られた。

「大勢の人間の前で派手な動きをするなんて、始末書きが何枚あっても足りやしない」

「だからさ、色々と不運が重なって、仕方なかったんだよ。それよりダ・ツ・エヴァ、あの後どうなったかわかる？　刺された人、助かった？」

「それなら心配いらないよ。あの魂は、こちらにやってくる気配がないからね」

「そっか、良かった」とひとまず胸を撫でおろす。

泣き笑いの彼女が浮かび、何故だか最初に会ったカップルの女性の顔になっていた。

「まだおれたち、指名手配されてるのかな。虎之助は結局、犯人を殴っただけで……でも、十蔵にも怪我をさせたし、やっぱ傷害罪になるのかな。あ、そういえば十蔵も、公務執行妨害だ」

「いくら探したところで、おまえたちは現世のどこにも存在しない。そうだろう？」

都市伝説と同じ扱いだと思うと、何だかそれもちょっと面白くない。

「ね、ダ・ツ・エヴァ。騒ぎは起こしたけど、虎之助は地獄に落とされたりしないよね」

きわどい場面はあっても、虎之助は人を殺さなかった。

懸命に訴えると、ダ・ツ・エヴァの淡い緑の目が、叶人をとらえた。

「おまえは勘違いしているようだがね、地獄というのは、別に人間をこらしめるためのものじゃない。逆にね、傷ついた魂を救うための場所なんだ」

「え、嘘……だって、前世の罪をくり返し見せられるんだろ？　そんなことされたら誰だってへこむよ」

「ああ、そうさ。それでも魂についた大きな傷を癒すには、その方法しかないんだよ」

己の罪を正面から見詰め、受け入れない限り、魂に平安は訪れない。

どこかの宗教法人の勧誘みたいな、似合わない台詞をダ・ツ・エヴァは口にした。

けれども、地獄に行かざるを得ないほど深い傷を負ってしまうと、修復は叶わず、弱った魂はやがて朽ち果てる。ほとんどの魂がその末路をたどり、だからこそ地獄と呼ばれているのだった。

「虎之助は、あの男は、獣じみている分、純粋でね。ただ、己の罪を平然と見ていた」

六度も地獄に落ちても、虎之助の魂は消えることがなかった。その理由を、ダ・ツ・エヴァはそう説いた。

「一方で、あいつの魂が傷ついたのは、表側ではなく芯の部分だ。傷が癒えることはなく、生まれ変わるたびに、同じ過ちをくり返した」

「それで輪廻を、止められたんだね」

叶人がほうっとため息をつく。それでもやはり、ひとつだけ疑問が残った。

「戦国時代では、何十、何百殺しても地獄に落ちなかった。なのに後の六回は、即地獄行きだろ？　やっぱりそれって納得いかないよ……ここでも戦争が容認されてるみたいでさ」

「戦争も地球滅亡も、我らには関係ないと言ったろう？」

傍らから、県営王が口をはさんだ。手はいつもの如くパソコンの操作に余念がない。

「地獄に落ちるか落ちないかは、罪の多寡《たか》ではなく、魂の傷つき具合によるんだよ」

　時代や環境、民族や宗教によって、法だけでなく人々の罪の意識も変わる。自身が罪だと思えば、魂は大きな傷を抱えることになる。

「たとえ執行の直前まで、反省の色のない死刑囚だったとしても、魂は案外傷ついているものでね。逆のたとえでいえば、昔は子殺しが多かったと、この前、君も知ったろう？　生きていくためには仕方のないことでもあったし、まわりに多かった分、罪の意識も薄かった。そういう場合は、案外傷も浅くてね」

　戦争という特殊な場もまた、平和のためという免罪符がついていると、県営王は語った。

「でも、虎之助の心の傷は、きっと戦場でついたんだ」

「たしかに……傷というより、芯の部分がごっそり失われてしまったのかもしれないね。我らも万能ではないのでね。魂の底までは、なかなか見通せない」

「そっか。ダ・ツ・エヴァや県営王でも、わからないことがあるんだね」

「あたりまえだろ」

　何をいまさらと、ダ・ツ・エヴァが素っ気なく返す。

「ところであのふたりは、いったいどこに消えたんだい？　そろそろ次の仕事にかかってもらいたいんだがね」

「十蔵と虎之助なら、河原を全速力で走っているよ」

「はあ？」

「何で？」

ダ・ツ・エヴァと叶人が、同時に間抜けな声をあげる。

「どちらが速いかで揉《も》めて、競走をはじめたみたいだね」

「ったく、子供より始末が悪いね。叶人、連中のところに行って……」

「わかってるよ、ダ・ツ・エヴァ。唐変木とおたんこなすに、仕事しろって言ってくるよ」

叶人が去ると、懸衣翁は顔を上げた。走っていく後ろ姿をながめている。

「可愛いのはわかるがね、奪衣婆。あの子をいつまで引き止めておくつもりだ？」

さあ、と気のない返事を奪衣婆は返す。

「魂の傷は、あたしらには治せないからね……どうするかは、あの子しだいさ」

濃緑色の川は、まどろんでいるようにゆっくりと流れていた。

叶人の彼方

平日の午後だから、電車はわりとすいていた。

朝や夕刻の満員電車に当たらなかったのは、ラッキーだと思っていたが、とんだ弊害があった。

「おおっ、すげえ！　さっきの櫓《やぐら》が、あっという間に爪楊枝《つまようじ》だぞ」

遠慮会釈のない声に、周囲の視線がいっせいに集まる。吊革をつかんだ乗客がまばらに見える程度の混み具合だ。車両の端からでも騒音の主を識別できる。

叶人はしーっと、虎之助を黙らせにかかったが、その隣から今度は十蔵の声がする。

「まったく見事よ。まるで景色の方が、動いているようではないか。このような胸のすくながめは、殿さまでも拝めぬぞ」

初めての電車に、ふたりは完全に舞い上がっているようだ。

正確にいうと、電車体験は二度目のはずだ。叶人がいなかった最初の地蔵玉探しで乗ったそうだが、そのときは地下鉄だったから窓の外は真っ暗なままで、地面の下を走るという感覚が気持ち悪かったと声をそろえた。

　今日も気が進まないようすでいたが、乗ってみると、とぶように景色が移り変わるのが、面白くてならないようだ。扉のガラス窓に張りついて、子供のようにはしゃいでいる。

「いやあ、このムカデは速《はえ》えなあ。馬よりムカデが速えとは驚きだ」

「足がないから、ヘビであろう。あの鉄の馬と、どちらが速いのだ、叶人」

「そういえば、どっちだろ。新幹線ならあっちが圧勝だけど、ふつうの電車なら車と同じくらいかな。後で乗務員にきいてみよ」

　男の子の乗り物好きは、昔もいまも変わらない。ついふたりに釣られ、叶人も一緒に窓の外をながめた。

　窓外にはいまにもぽつりときそうな、低い雲が垂れこめている。

三人はＪＲで、千葉県から都内に向かっていた。読みが外れて、最初に送られた場所には地蔵玉がなかったからだ。

「ったく、何だって犬っころ一匹のために、こんなに手間暇とらされるんだよ」

　電車に乗る直前まで、虎之助は文句の言いどおしだった。

「仕方なかろう。モモという名を勘違いした我らの手落ちだ」

　そのおばあさんは、丹の上でずっとモモちゃんを心配していた。桃花《ももか》という孫娘がいると県営王が調べてくれたときは、誰も疑いもしなかったが、いざ孫の家をたずねてみると、モモちゃんは、おばあさんが飼っていたトイプードルの名前だときかされて、からだ中から力が抜けた。

幸い都内で長男夫婦と暮らしていたというおばあさんの家までは、JRで一本だったから、迷わず電車を使うことにした。

「犬なんざ、憂さ晴らしに蹴っとばすためのもんだと思ってたがな」

「動物愛護団体に叱られるよ」

「やはり御上から達しがあったのか？　生類憐《しょうるいあわれ》みの令が出されたときは、たいそうな迷惑をこうむったからな」

相変わらず嚙み合わない会話を続けながら、叶人はすっかり気を抜いていた。だから車内アナウンスが次の停車駅を告げたとき、思わずからだがびくりとなった。

「どうした、叶人？」

十蔵が敏感に気づいたが、こたえる余裕もない。急いで隠れる場所を探すと、うってつけのスペースがあった。虎之助の大きなからだとドアの隙間に無理やりもぐり込む。

「おい、何だよ」

「いいから、ちょっと黙って」小声で告げて、ガラスにペタリとおでこをつける。

電車がホームにすべり込み、三人とは反対側のドアがあいた。頭の後ろから、どくんどくんと心臓の音がする。虎之助のものかと思ったら、叶人自身の鼓動だった。

ドアが閉まり、ごとん、と音を立てて電車が走り出す。虎之助の陰から後ろをそっとふり向いた。いまの駅から乗ったのは、大人ばかりのようだ。

ほっとして、虎之助の腹から出てみたが、心臓はまだばくばくしている。

「大丈夫か、顔色が悪いぞ」

十蔵が、心配そうな眼差しを向ける。その目が妙に痛くて、叶人はまた外を向いた。

「へいきへいき。あ、あそこのラーメン屋、うまいんだよ。『伝六《でんろく》』って店で、あっさりとこってりの二種類の醤油味があってさ、おれはこってり派なんだけどね」

さしさわりのない話題でやり過ごそうとしたが、十蔵には通用しない。鋭い視線が、横から刺さるようだ。

「叶人。もしやこの辺りは、おまえの……」

身を固くした叶人に、意外な助け舟が入った。

「ラーメンてな、蕎麦《そば》のこったろう？　いっぺん食ってみてえと思ってたんだ」

ふり向いた虎之助の目は、少女漫画のキャラなみに妙にきらきらしている。

「蕎麦とはちょっと違うけど……虎之助、知ってるの？」

「前に舟に乗せた男が言ってたんだ。死ぬ前にもう一度だけ、ラーメンてやつを食いたかったとな。そんなに旨《うめ》えなら、味見したくもなるだろうが」

それまで漂っていた居心地の悪い空気が、ひと息に霧散した。感謝の気持ちをこめて、叶人は言った。

「じゃあ、仕事が終わったら、三人で食べに行こうか」


次に行った先で、地蔵玉の回収は難なく終わった。

「たしかにおばあちゃんが亡くなってから、ご飯もろくに食べなかったんだけど、今朝になって急に元気になって」

お嫁さんにあたるおばさんは、ほっとした顔で白いトイプードルをながめる。モモちゃんは一週間ぶりの食事だとでもいうように、プラスチックの皿に頭を突っ込んでいた。

「モモちゃん、よかったね。おばあちゃんも、きっと喜んでるよ」

そっと犬の頭を撫でると、虎之助が、よし、と天井を見上げて拳をにぎる。モモちゃんに寄り添っていた地蔵玉は、無事におばあさんのもとに帰っていったようだ。

モモちゃんの家を出ると、待ちかねたように虎之助が言った。

「ようし、次はラーメン屋だ。おめえら、ちんたらしてねえでさっさと歩けよ」

先に立って行こうとする虎之助を、後ろから叶人が追いかける。

「ラーメン屋はいいけど、店知ってるの、虎之助？」

「さっきムカデに乗りながら、おめえが言ってたじゃねえか。旨い店があるってよ。あそこに行くに決まってんだろ」

え、と叶人の足が止まった。ラーメン屋なら、どこの街にもある。適当な店に入るつもりでいた。

「わざわざあんなところまで戻らなくても……駅四つか五つは離れてるし」

「またムカデを使えばいい話だろうが。滅多に来られねんだから、旨い店で食わせろ」

「たぶん、そんな時間ないよ。そろそろダ・ツ・エヴァが、おれたちを戻す準備してるよ」

「ばあか、人のいる場所を、歩けばいいだけの話よ」

こういう悪知恵だけは、よく働く。たしかに三人の姿を人前で消せるはずがない。

都心に近いこの周辺なら、美味しい店がいくらでもある。駅に向かう途中、通り過ぎたラーメン屋の前で、叶人は必死に説得したが、虎之助はまるで聞く耳をもたない。

「十蔵、虎之助を止めてよ」

「無理に止めれば、また暴れるやもしれん。この人込みでは、かえって危ない……それとも叶人、どうしても行きたくないわけでもあるのか？」

逆に問い返されて、何も言えなくなった。人の気持ちを見透かすような十蔵の視線から、顔をそむける。そうこうするうちに駅に着いてしまい、虎之助がふり返る。

「小僧、さっさとムカデに乗せろ。言っておくが、妙な真似しやがったら、この格好で延々と歩き続けてやるからな」

虎之助がひょいと叶人をもち上げて、両腕で自分の頭上に高くかかげる。

「ちょ、やめてよ、恥ずかしいって」

じたばたする叶人を下ろし、にやにやする。この男なら、本当にやりかねない。反対方向の電車に乗ってやろうかとの企みは、脆くも崩れた。

さっきとは別のホームから下りの電車に乗り、五つ目の駅で降りた。改札の向こうに駅ビルのフロアが見える。嫌になるほど見慣れた風景だった。

突っ立ったままの叶人に、十蔵が言った。

「やはりここが、叶人が暮らしていた街なのだな」

電車の車内から見えた『伝六』は、駅から歩いて三分の場所にあった。

よく見る黄色の看板に赤い暖簾《のれん》の店ではなく、外観は和風の蕎麦屋の風情で、ぱりっとした紺暖簾が下がっている。昼時なら行列もめずらしくないが、平日の午後二時半をまわっている。ふたつきりのテーブル席は埋まっていたが、カウンターに三人ならんで座ることができた。

虎之助は叶人の話を覚えていたらしく、腰を下ろすなり、「こってり醬油、大盛だ」と注文し、「おれも。ふつう盛りで」と叶人も続く。二枚だけの品書きを、十蔵はたっぷりと見くらべて、あっさり醬油を頼んだ。

「これが、醬油か？」

運ばれてきた大ぶりのどんぶりを、十蔵がしげしげとながめている。蕎麦のような黒々とした醬油色を想像していたようだが、ここのあっさり醬油スープは、塩ラーメンのように透きとおっている。

「まあ、試してみなよ」と、レンゲをわたす。

「これで飲むのか？」

レンゲでスープをすくい、おそるおそる口に運ぶ。十蔵の目が、驚いたように大きく広がった。次いで箸で麵を持ち上げて、品よくすする。

「旨いな」

「おお、旨えな、こいつは。三途の川を渡る前に、食いたくなるのも道理だぜ」

一方の虎之助は、ガテン系の兄ちゃんが三ヨぶりの飯にありついたかのような勢いだ。できれば他人のふりをしたい。

　こちらは醤油というよりとんこつに近い、濁りの強いこってりスープに、チャーシューと煮玉子がトッピングされている。虎之助よりひとまわり小さな丼に、叶人も箸をつけた。

「うま！　この味、久しぶりだー」

　虎之助に無理やり連れてこられた格好だが、叶人も大満足でチャーシューにかぶりつく。最後の一滴までスープを飲み干して、ごちそうさまあと丼を置いた。

「お会計、三千三百円になります」

　十蔵が、スーツの内ポケットから革の財布を出す。支払い担当として、財布は十蔵に託されていた。あわてることなく長方形の財布から、千円札を四枚抜き出す。外国通貨を予習しておく慎重な旅行者のごとく、几帳面なこの侍は、現在の円を頭にたたき込んでいた。

「まったく、二杯も平らげるやつがあるか」釣りを待つあいだ、十蔵が横目でにらむ。

「いやあ、旨かった。これからも仕事の後は、こいつで締めようぜ」

　大盛二杯を平らげた虎之助は、すっかりラーメンが気に入ったようで、満足そうに腹を撫でている。

「また、お待ちしております」と若い女性店員が頭を下げた。「今度はまた、お友達も連れてきてね」

キャッシャーの横でお姉さんは、叶人に向かって腰を屈《かが》めた。

「え、と……あの……」

「前によく、お友達と食べにきてくれたでしょ。ご家族もいらしてたけど、必ずお友達も一緒だったから、仲良しだなあって覚えていたの」

何の邪気もない笑顔が苦しくて、つい下を向いた。

「それ、おれじゃありません。人違いです」

そのまま店の戸をあけて、外に出た。嘘は言ってない。親しい人間なら、別人だとすぐにわかるはずだ。ふたりと目を合わさぬように、通りを南に向かった。とにかくさっきの店から少しでも遠ざかりたくて、速足でずんずん歩いた。

「叶人、どこへ行くつもりだ」

追ってきた十蔵に、後ろから肩をつかまれた。

「どこって……」

すぐ目の前に小さな橋がある。叶人が住んでいたこの辺りは、川と橋の多い場所だった。ラーメン屋を出て、知らず知らずのうちに、家に帰る方角に向かっていた。そのことに気づいたとたん、泣きそうになった。

「どこか、行きたい場所があるのか？」

やさしい問いかけに、無闇に首を横にふる。

「だったら、人気のねえところに行こうぜ。そろそろババアの堪忍袋の緒が切れる頃だ」

嫌な予感を覚えたのか、虎之助が促した。川に面した辺りなら、注文どおりの場所があったはずだ。こっち、と叶人は指さして、橋の手前を曲がりかけた。

「叶人！」

ふいに背中から名前が呼ばれた。

十蔵じゃない、虎之助でもない。もっと耳慣れた、懐かしい声だ。

ふり向いちゃいけない。わかっていたのに、からだはいうことをきかない。

「涼……真……」

アーチ状になった短い石橋の上に、誰より会いたくて、決して会いたくなかった姿があった。

逃げないと――。

気持ちは焦るのに、足が動かなかった。

「叶人、叶人！　おまえ、いつ退院したんだよ。もう、大丈夫なのか？　よくなったのか？」

橋の上から一目散に駆けてきた涼真は、叶人にしがみついた。ぎゅうっと抱きしめて、機関銃みたいに質問を浴びせる。石鹸《せっけん》と汗の混じったような、涼真のにおいがする。

前にも、こんなことがあった。四年生の運動会、クラス対抗の綱引きで決勝に勝ったとき、涼真は大喜びで抱きついてきた。そして、梅雨に入りかけたあの日も、やっぱり涼真は叶人にしがみついて、叶人のために泣いてくれた。三年の春にここに越してきて以来、涼真はずっと友達だった。

嬉しいときも悲しいときも、このにおいに守られてきた。六年生になって違う学校に通うようになってからも、それは変わらなかった。

三年半にわたる思い出が、一気に胸にあふれ出し、口からこぼれそうになる。

「叶人があのまま死んじゃったらどうしようって、ずっと恐かったんだ……でも、良かった！」

「あの……おれ……」

その声で、気づいたようだ。声が違うことは、叶人自身も気づいていた。ただ、他人の耳には自分以上に違ってきこえるようだ。からだを離した涼真が、顔を覗き込む。

「違う」

涼真の丸い目が、穴のあくほど叶人を見ている。このからだは、もともと別の誰かの姿を写したものだ。ぱっと見は似ていても、近くでながめればすぐにわかる。

「違う、叶人じゃない……よく似てるけど、別人だ」

肩にかかっていた両手が力なく落ちて、一歩二歩と後退る。

「ごめんなさい。おれ、てっきり友達だと思って……」

丸い目が閉じて、その隙間から涙があふれた。

「そんな、はず、ないのに……あいつはまだ、病院で……目を、覚まさないのに……」

今度は叶人がしがみついて、泣きじゃくる涼真を慰めてやりたい。なのにいまの叶人には、それができない。いつのまにか十蔵と虎之助は、少し離れて川の方を向いていた。この場は叶人に預けるとの、男らしい思いやりのようにも感じた。

「そんなに、泣くなよ。友達が心配なのは、わかるけどさ」

「心配とか、そんな次元の問題じゃない……だって、叶人があんな目に遭ったのは、おれのせいなんだ……もしも叶人が死んだりしたら、おれが殺したってことだ」

「違う！　涼真のせいなんかじゃない！」

しまったと思ったが、もう遅い。丸い目が、不思議そうに開いた。

「なんで、おれの名前……」

「え、と……実はおれ、叶人の……親戚で」

後先考えない嘘は、墓穴を掘るだけだ。わかってはいたが、口から出た言葉はとり返しがつかない。

「そう、だったんだ……従兄弟《いとこ》？」

「いや、もうちょっと遠い。年も、ちょっと上だけど」

「そっか、親戚だから似てたんだ」

どうやら涼真は納得してくれたようだが、結果、さらに嘘を上塗りする羽目になった。それでも涼真のいわれのない罪悪感は、払拭しなければならない。

「叶人から、少しは事情もきいてる……あいつの方こそ、涼真に悪かったって言ってたよ。自分のせいで、とばっちりがいって……」

「いいんです、そんなの。あいつらの条件を、おれが呑んだ。それだけなんだ」

年上ときいたからか、それまでと口調を改めた。

「親戚なら、叶人の具合、知ってますか。おれ、何度も病院に行ったけど、意識が戻らないってそればっかりで……もうすぐ一ヶ月経つのに、よくなってるのか悪くなってるのか、それすらわからなくて」

叶人が橋から落ちたのは九月七日。今日は十月二日だから、たしかにあと五日で一ヶ月が経過する。そのあいだ涼真は、ただただ叶人の回復を願っていたのだろう。

「おれも、よくはわからないけど……」

彼岸の船着場を走ったときのような、死んでもいいやという捨て鉢な気持ちはなくなっていた。ただ、からだに戻りたいと思ったことは一度もない。

三途の川の渡し守も、そう悪くない。十蔵や虎之助ともすっかりなじんでいたし、このままカローンを続けられたらと、ダ・ツ・エヴァや県営王にも伝えてあった。

——あまり長くいると、魂がからだに戻らなくなるかもしれない。

ダ・ツ・エヴァの声が、耳の底で響いた。望みのない希望を、このまま長く引きずらせるのは忍びない。叶人は思い切って、涼真に言った。

「たぶん、だめかもしれない」

「え……」

「あいつは、このまま目を覚まさない。そう思っておいた方がいいよ」

涼真の顔から、表情が消えた。瞳孔が開いたように見える目は、光の射さない暗い穴を見下ろしているようだ。叶人はあわててことばを継いだ。

「だけど、涼真のせいなんかじゃない。悪いのは、あいつらだ。叶人とおまえを追い込んだ、あいつらがいちばん悪いんだ」

「そう、ですよね」

涼真がゆっくりと顔を上げた。すうっと背筋が冷たくなった。怒っても泣いてもいないその顔が、震えがくるほど恐ろしかった。

「おれが、責任とります……おれがあいつらに罰を受けさせます……叶人の代わりに」

「涼、真……」

「さよなら」

涼真がくるりと背を向けた。そのままさっきの橋に向かって走っていく。

「待って、涼真！　罰なんておれ、そんなこと……」

小さくなる後ろ姿は、まぶしい光の中に溶けて消えた。

＊

「ダ・ツ・エヴァのバカ！　おたんこなすの唐変木！」

三途の川のほとりに戻ると、叶人はあらんかぎりの罵声を浴びせた。

「何であんなタイミングで、転送したんだよ！」

「あの一瞬、人目が失せたからね。それだけさ」

ダ・ツ・エヴァは、叶人の怒りなどまったく意に介さないようすだ。

「おかげで涼真を、つかまえ損ねちゃったじゃないか」

「それで何か、困るのかい？」

「困るに決まってるだろ！　涼真は何かやるつもりなんだ。早く止めないと」

「おまえには関係ない」

ダ・ツ・エヴァが、低く言った。

「ここに、居続けるつもりなんだろ？　魂がなければ体力も落ちる。遅かれ早かれ彼岸に渡る。死人はね、現世のことには関わりようがないんだよ」

さわればひやりとしそうな、瀬戸物みたいな肌がことさら冷たく見えた。

拳を握りしめ、奥歯をぎゅっと嚙みしめる。怒りを堪えたのではない、考える時間が必要だったからだ。

「……だったら、からだに戻る」

涼真を止めるには、それしか方法がない。長い思案の末、その結論に至った。

だが、それまで十蔵と虎之助とともに、なりゆきを見守っていた県営王が言った。

「一ヶ月も寝たきりだったんだ。からだに戻っても、目をあけることくらいしかできないよ」

食事をとって、体力を回復させて、リハビリに励む。衰えた筋力を鍛えて動けるようになるまでは、眠っていた期間と同じくらいの日数がかかる。

県宮王の淀みのない口調が、そのときはかえって勘にさわった。

「目をあけるだけで十分だ！　おれが目覚めたとわかれば、涼真だってきっと無茶は……」

「からだに戻るなんて、できやしない。いまのおまえには無理さ」

ダ・ツ・エヴァの声が、無情に響いた。

「……もう、遅いってこと？　おれ、もう、死ぬの？」

体温が一気に氷点下まで下がったような、そんな気がした。体温などないはずなのに、手足が冷たくなって、舌さえこわばってくる。

そのとき初めて思い知った。

いままで呑気にしていられたのは、どっちつかずの状態のままでいたからだ。自分の寿命は自分で決める。傲慢《ごうまん》なその気持ちが、叶人を死の恐怖から遠ざけていた。

けれど他人に宣告される死は、おそろしく残酷だった。

暴力に等しい事実を突きつけられて、焦りが足許から、渦を巻くように這い上がる。

「いやだ……おれは自分のからだに戻る！　戻って涼真を助けるんだ！」

叫んだと同時に、走り出していた。

ダ・ツ・エヴァの向こうに見える死者の群れ。その背景に、白く煙っていた。

あそこを抜ければ、現世に帰れる。前に来た道を、また引き返せばいいだけだ。

背中から、叶人を呼ぶ十蔵の声がする。それをふり切って、叶人は白いもやの中にとび込んだ。

もやの中を、懸命に駆けた。心臓も肺もないから、いくら走っても息は切れない。

でも、しばらく行くと、叶人は気づいた。いくら走っても、誰にも会わない。

前にここを抜けたときには、同じ方向へ向かう人々がたくさんいた。親切なおじさんに会ったのもここだった。あの道を逆走しているはずなのに、行けども行けども誰ともすれ違うことがない。

どうしよう、道を間違えたのかな——。

その不安に、歩調をゆるめたとき、もやの向こうに人影が見えた。

よかった。これで現世に帰れる——。喜び勇んで、止まりかけた足をまた前にはこぶ。

唐突に霧が晴れ、だが、目の前の景色は、予想とは大きくかけ離れていた。

川の音がする。白い河原と黒い空。年寄の多い群衆の向こうに、金髪の美女と小太りな作業着姿。そして、江戸時代のままのふたりの男がいた。

「どうして……まっすぐに、走っていたはずなのに」

「だから言ったろ。いまのおまえには無理だって」

崩れるように、叶人は骨色の地面に座り込んでいた。

「どうしよう……おれ、死んじゃったんだ。もう、涼真を助けることもできない。お父さんやお母さんや颯太にも、もう会えない」

叶人はその場で、声を張り上げて泣き出した。死者たちがぎょっとして、どうしたものかと言いたげな顔を互いに見合わす。

「ええい、鬱陶しい。男が人前でべそべそするな」

苛立たしげに歩み寄った虎之助が、叶人の前にしゃがみ込んだ。

「人をさんざん弱虫呼ばわりしておきながら、てめえはそのていたらくかよ」

叶人はいったん顔を上げたものの、虎之助と目を合わせたとたん、涙と鼻水でべしょべしょの顔がさらにゆがむ。

「虎之助ぇ」

首ったまにしがみつき、いっそう大きな声で泣きじゃくる。からだ中から絞り出すようなため息を吐き、虎之助は立ち上がった。大木にとまる蟬《せみ》さながらに、しがみついた叶人が宙に浮く。虎之助はそのまま衣領樹の根方に行き、そこで叶人を引っぺがした。

「おら、泣くならせめて隅で泣け」

放り出された叶人は、木を背にして体育座りになった。膝と膝のあいだに顔を伏せ、いつまでも泣き続けた。

やがて嗚咽も間遠《まどお》になって、ひっくひっくとしゃくり上げる。

それまでじっと辛抱していた十蔵が、叶人の隣に腰を下ろした。

「叶人、もう泣くな。婆殿は決して、おまえが死んだとは申しておらん」

え、と叶人が、膝のあいだから顔を上げた。十蔵は、まっすぐに叶人を見ていた。口先だけの慰めではないと、その目は言っている。

「婆殿は先程、こう申した。『いまのおまえには無理だ』とな。どういうことかわかるか」

下唇を突き出した情けない顔を、横にふる。

「『いまはまだ無理だが、先には望みがある』。言いかえれば、そういうことだ」

「……先に、望み？　それって……」

「先々、もとのからだに戻れるときが来るやもしれぬ。それまで待てという意であろう」

「本当？　ダ・ツ・エヴァ」

まぶたが半分しかあかない目には、白と金の衣装がひどくまぶしい。

「ああ、そのとおりさ」

腕でごしごしと目をこすり、叶人は立ち上がった。しっかりと足をふんばって、たずねた。

「いまのおれだと、どうしてだめなのさ。どうすれば、もとのからだに戻れるんだ？」

「どうすればいいかは、あたしらにもわからない。知っているのは、おまえだけさ」

「おれ、が……？」

「いっとう初めに懸衣翁が言ったろう。おまえがここに来た顚末《てんまつ》がわからないとね」

覚えているかい、と問われて叶人も思い出した。

「……事故か自殺か他殺か、わからない。そのこと？」

ダ・ツ・エヴァは、深くうなずいた。

「おまえはあのとき、橋から落ちたときのことを覚えていないと言った。それは嘘だね？」

「……うん……ごめん」

忘れたふりをしていたのは、その方が楽だったからだ。あのときのことは、思い出したくもない、考えたくもない。叶人にとっては、何より見たくない醜い傷だった。

「ただ、事故か自殺か他殺かわからない。それだけは本当なんだ」

事故でもあるし、自殺と言えなくもなく、もしくは他殺ともとれる。すべてが当てはまるが、どれかに判定するのは難しい。叶人は必死で訴えた。

「百を三で割っても割り切れない、それと同じだ。こたえなんて出ない」

「そのこたえを見つけることができたら、魂は現世に戻る。そう考えて然るべきだね」

むろん、時は無限にあるわけではない。あまり長いと、容れ物であるからだがもたないと、ダ・ツ・エヴァは言い添えた。

「こたえっていっても、どうすれば……」

「君自身が、こたえを持っているんだよ」

県営王だった。その姿に違和感を覚える。パソコンを持っていないからだと、叶人は気がついた。県営王は叶人とまっすぐに向かい合い、左手の指を三本立てた。

「百は三で割り切れないと言ったね？　どれも三十三パーセントで、たしかにそのとおりだが、もう一パーセント、残っているだろう？」

「……それを足せば、三十四パーセントになる」

「そうだ。その一パーセントは、君自身が探すんだよ」


「探すったって、どうすればいいんだろ」

次の客を待つあいだ、ついひとり言がこぼれた。出された宿題は、まだとっかかりさえつかめていない。公式もなく応用もきかず、辞書にも参考書にも載ってない。

県営王は探せと言ったが、残り一パーセントを三つのうちのどこに含めるか、叶人に決めろということだ。適当なひとつに決めても意味はない。他ならぬ叶人自身が、納得のいくこたえにたどり着かなければならない。

「あーもう！　こうしているあいだに、涼真に何かあったら」

船着場に大の字になり、足をばたばたさせた。

「叶人、これはひとつのやり方なのだが……事の起きた経緯を、我らに話してみぬか」

ゆっくりとからだを起こし、叶人は船上の侍を見詰めた。

「叶人がそれを、避けていることには気づいていた。無理にきき出すつもりもなかったが」

誰にでも、触れられたくない過去はある、と十蔵は言った。

「察しのとおり、おれや虎之助なぞ、その最たる者だ」

「おれは別に何もねえ」と、虎之助は可愛くない横槍を入れたが、十蔵は構わず続けた。

「それでもな、叶人。ときには吐き出したり、人に明かすのは悪いことではない。先刻、声を放って泣いたようにな」

「言わないでよ、恥ずかしいから」

ぷくっと頬をふくらませた。思い出すだけで、ぎゃーっと叫んで頭を抱えたくなる。きっとこの先も、思い返すたびに同じいたたまれなさに何度も襲われそうだ。

それでもさんざん泣いた後は、何だかすっきりしていた。人前であんなふうに感情を爆発させるなんて、幼稚園の頃ですら覚えがない。

「おれも人のことは言えぬが、叶人も決して素直な気質《たち》ではなかろう。気持ちを露《あら》わにするのが、苦手なのではないか？」

「そう、かも」

「虚勢を張り、意地を張り、弱い己を隠して痛くないふりをする。武家の男子たるもの、そうでなければならぬと教えられたが、それ故に脆いところもある」

叶人の生意気な言動も、強がりの産物だ。本当に強ければ、強がる必要などない。十蔵は、そのようなことを口にした。

「それも決して、悪いことではないがな。強く強くと望み続けることで、まことの強さが身につくものでもあるからな」

「まどろっこしい説法なぞどうでもいいからよ、ちゃっちゃと話しちまえよ」

小難しい話にしびれを切らした虎之助は、とっととはじめろと叶人を急かす。

「おもしろい、話じゃないけど……長いし」

「客は待たせときゃいいだろうが」

じっくり話をきこうというのだろう。いつも客が座る舟の真ん中、低い腰かけに、虎之助はどっしりと腰を落ちつけた。十蔵も倣い、船の後部に渡した板に尻をのせる。

「とっかかりを拾ってきたのは、弟の颯太なんだ」

きっかけは、他愛のないことだった。

船着場に座った叶人は、船上のふたりに向かって話しはじめた。

テレビのロケ班を、颯太が家に連れてきた。事の発端は、それだった。タレントや芸人が、街を散策しながら地元の人とふれ合うという、よくある番組のロケだった。颯太は公園でその一行と出会い、スタッフに乞われるまま大喜びで家に連れてきた。颯太が好きなお笑い芸人が、中にいたからだ。

その日は日曜日で、両親も家にいた。

「急に連れてくるなんて……お掃除とかお化粧とか、いろいろあるんだから、せめて事前に電話くらいしなさい」

母さんは文句を言いながらも、まんざらでもなさそうだったとは、後で父さんからきいたことだ。涼真の家に遊びに行って、叶人だけはたまたま、そのとき家にいなかったからだ。

小学二年生の颯太は、初対面の大人にも物怖じしない。テレビカメラを従えて、自分の部屋まで披露した。それだけなら、何の問題もなかった。だが子供部屋は、兄弟ふたりの共用だった。

「お兄ちゃんの机はね、こっち。お兄ちゃんはね、ゲームと本が好きなんだ」

颯太には当然、ひとかけらの悪意もなかった。見られてまずい物が部屋にあったわけでもなく、テレビ局のスタッフが意地の悪い編集をしたわけでもない。テレビスタッフが引き上げてから、家に帰った叶人も、有名人に会えるチャンスを逃したと、悔しがったくらいだ。

三週間後、番組が放送されて、夜七時のゴールデンタイムだったこともあり、学校でも話題になった。二、三日はクラスでも塾でも騒がれて、その場にいなかった叶人も、

「あの女性タレント、一時間半のロケ中、三回も化粧直しをしてたんだって」

「途中で音声の機械が調子悪くなってさ、スタッフが叱られてたって。天然のお笑いで売ってるけど、案外厳しい人みたい」

問われるままにロケの裏話なんかを語った。

それが、まずかったのかもしれない。あの三人には、叶人のその姿が、調子に乗っているととられたのかもしれない。後になって、そう思った。

半井《なからい》と、三島《みしま》と吉井《よしい》。三人はクラスの中でも、目立つ存在だった。タイプは違うけど、性格はいずれも陽性で、三人が集まると、その場がぱっと明るくなる。テレビのロケが入ったという、たまたま偶然のラッキーで、ちやほやされている叶人が目障《めざわ》りだったのかもしれない。

「おまえさ、変な本ばっか読んでんだな」

ある日、下校途中で呼び止められたときは、意味がわからず目をぱちくりさせた。

「ギリシャだのローマだの神話の本ばっか、ずらりと並んでいてよ。気持ち悪い」

「神話オタクじゃねえか。こんなとこにいないで、リュックしょって秋葉に行けよ」

テレビに映っていた、叶人の本棚が標的だった。

もともと気が合うとは決していえないが、仲が悪いわけでもない。いきなり向けられた悪意に、叶人はただとまどった。

きっかけは、ギリシャ神話を舞台にしたゲームだった。ゼウスとかアポロンとかのキャラクターが、本当はどう描かれていたのか興味がわいた。最初は子供向けの本から入り、やがては難しいものにも手を出すようになった。子供向けには書かれていない、結構濃い内容が面白かったからだ。ギリシャやローマにとどまらず、アラビア、インド、北欧、メソポタミア、神話は世界中にあふれていて、叶人がねだると、両親は気前よくそれらの本を買い与えてくれた。

日本の神話である古事記も読んだが、そこには三途の川など出てこない。三途の川ときいて、すぐにギリシャ神話のカローンと結びつけたのは、その理由からだった。

しかし自分が熱中している大好きな世界が、中傷の種にされるとは、夢にも思っていなかった。

「それからそいつらが、何かと文句をつけてきて……早い話が、いじめられてたんだ」

上履きを隠されたとかノートを破かれたとか、古典的なものから、筆箱の中の鉛筆を全部折られたり、給食の牛乳をかけられて、おもらしをしたとはやされたこともある。いちばん痛かったのは、叶人が気になっていた女の子に、言ってもいない悪口を伝えたことだ。

「おまえの顎、北京原人みたいだって、志田が言ってたぞ」

嚙み合わせが逆で、下の歯が前に出ていることを、その子は気にしていた。女の子は泣いてしまい、何人かのクラスの女子からも、非難の目を向けられた。

そんなひとつひとつは、聞き手のふたりに話さなかった。くだらないしバカバカしいし、思い出したくもない。そう思えるようになったのは、ずっと後のことで、あの頃はそのひとつひとつがひどくこたえ、叶人を萎縮させた。

自分の好きなものが、けなされ嘲笑され、貶《おとし》められる。それは自分の一切を否定されるに等しい。自ずと身につけていた、自信や価値観が、根底から覆《くつがえ》される。

――おれの、何がいけないんだろう。やっぱりおれって、変なのかな。

こたえの出ない自問自答だけを、くり返す毎日だった。

あの頃の叶人を支えていたのは、わずかに残ったプライドだった。叶人にとってのプライドとは、いじめの事実を人に漏らさないことだ。

三人は巧妙で、人前では決して叶人を構わない。露骨な態度に出るときは、たいがい下校途中を狙ってくる。

明るくて人気者で、先生の受けもいい。たとえ周囲に訴えたとしても、三人が口裏を合わせれば、下手をすれば嘘つき呼ばわりされかねない。それがわかっていたからだ。

家族も先生もクラスメートも、叶人の芝居に騙《だま》された。

気づいたのはただひとり、涼真だけだった。

「そういうのは、いまも昔も変わらねえんだな」

筋肉に覆われたひときわ逞しいからだから、らしくないため息がもれた。

「いじめられてたの？　虎之助が？」

「馬鹿だの、生意気だのと、勝手な方便で殴る蹴るする。ま、このおれさまが、やられっ放しでいるはずがねえ。みんなぶっ殺してやったがよ」

「おまえはそれで、地獄へ落ちたのであろう」

冷静に受け止めた十蔵も、やはり同様の経験は何度もしたと語った。

「侍はことに、何事も腹にためねばならぬからな。そのしわよせは、目下の者に向けられる。目端のきく者に限って、表にわからぬよう陰で事をはこぶ」

学問ができない者は能なしで、武術が苦手なら腰抜けと呼ばれる。一方でひときわ秀でていても、嫉妬《しっと》や反感を買う。たとえ毛の一本の差異ですら、ことばどおり毛色が違うと言い立てて、仲間から外して安心を得ようとする。古今東西、そういう輩《やから》ははびこり続ける。

「だがな、叶人、これだけは覚えておけ。非は責められる側には一切ない。責める側にこそ歪みがあるのだ」

十蔵は、そう言い切った。そういう連中は、己の不満や不安を、うまく消化できない。解消するには、自身で壁を越えるしかないのに、その壁に背を向けて、傍らにせっせと穴を掘る。他人がそこに落ちれば、落ちた者を見下せる。誰かが穴に嵌《は》まっていてくれる限り、拙い安心を得ることができる。

「うん……いまならわかるよ。もっと早く気づいていれば、涼真を巻き込むこともなかったのに」

叶人の隠し事を、涼真だけが察知した。詳しいことはわからなくても、ようすが変だと敏感に感づいた。

三年から五年までは、クラスも一緒だった。けれど叶人たちが六年になるとき、近くに新設校ができた。区内にマンションがどんどん増えて、子供の数も増え続けている。住民からの要請で、近くに新しい小学校が開校し、三分の一の生徒がそちらに移った。

涼真もまた、移転組のひとりだった。家はそんなに離れていない。ただ、叶人の家と涼真の家のあいだに、学区の線が引かれてしまったのだ。

そして新しい六年のクラスにいたのが、例の三人だった。

三人が叶人を標的にするようになったのは、クラス替えから一ヶ月後、五月の初めだ。

それから七月初旬まで、二ヶ月にわたって苦難の日々が続いた。

「おまえ、ひょっとして、誰かにいじめられてんじゃないか？」

学校が変わっても、涼真は変わらなかった。ただ、登下校も別になって、会える時間はぐっと減った。放課後は互いに塾があるし、加えて涼真は、ちょうどそのころ家庭の事情で忙しかった。しばらく顔を合わせていなかったせいもあるだろう。妙におどおどした叶人の態度に、涼真はいち早く気がついた。

「相手は誰だ？　クラスの奴か？」

問い詰められて叶人は白状し、きいた涼真は烈火のごとく憤った。

「三人がかりで卑怯《ひきょう》な真似をするなんて許せない。おれががつんと言ってやる」

むろん、叶人は止めようとした。相手を刺激して、事態がさらに悪化するのが怖かったからだ。この二ヶ月のあいだ、針山に落ちた風船のごとく、叶人はしぼむ一方だった。敵をはねのける勇気も気概も、叶人の内から奪われていた。

だが、涼真は、聞く耳を持たなかった。数日後の下校途中、いつものごとく叶人を囲んだ三人の前に現れて、さんざんになじった。そればかりではない。涼真は脅しをかけることで、三人の動きを封じようとした。

「いいか、おれが目撃者だ。おれから先生に言えば、おまえらの親がすぐに呼び出しを食らう。それとも、実名でネットに流してやろうか。六年二組の半井と三島と吉井は、こんなひどいことをしていますってな。騒ぎが大きくなれば、テレビのリポーターや教育委員会が調べに乗り出すかもしれないぞ」

「……そんなこと、誰も信じるもんか」

精一杯の虚勢を張ったが、半井の声はうわずっていた。

それでも叶人は、習慣と化しつつある日常に、変化が起こるとは信じられなかった。だからその翌日、また三人に囲まれたときには、報復だけを疑った。

だが、そうではなかった。三人はこれまでの詫びを口にして、そろって頭を下げた。

「いままで本当に悪かったよ。何ていうか、つい調子に乗っちゃって……本当にごめん」

打って変わった殊勝な態度を鵜呑《うの》みにするつもりはなかったが、叶人にも話の主旨は呑み込めた。三人はただひたすら、涼真の脅しに怯えていた。

「藤村のヤツ、本当におれたちを吊るし上げるつもりなのかな？」

不安と焦燥に駆られた顔は、驚くほど卑屈で、弱々しく見えた。

「おれに構わないって約束してくれるなら、たぶん涼真も……」

「誓う！　誓うよ！　だから、教えてくれ。藤村を抑えておける方法をさ」

三人が求めているものが何なのか、教えてほしいんだ。最初はわからなかった。

「志田には手出ししないって約束するよ。でも正直、藤村は信用できない。この先ずっとあいつの脅しにびくびくするのは嫌なんだ」

自分たちのことは棚に上げて、勝手な言い分だ。それでも叶人には、三人の気持ちがわからないでもない。目の前の怯えた顔は、昨日までの叶人自身だ。

「このままだと心配で、夜も眠れないよ。藤村が行動を起こさないよう、抑えておける何かが欲しいんだ」

「それでフィフティ・フィフティだ。仲のいいおまえなら、何か知ってるだろ？」

三島と吉井が口々に訴えて、最後に半井がとどめを刺した。

「教えてくれれば、もう絶対おまえをいじめたりしない。誓うよ」

それは悪魔のささやきだった。言ってはいけないと、頭の隅で危険信号が点滅していた。

だが、条件を呑みさえすれば、もとの静かな生活に戻ることができる。

叶人はその誘惑に抗《あらが》えなかった。

その日以来、三人は叶人を構うことを、ぴたりとやめた。

「良かったじゃねえか。しつけえ虫が失せてくれてよ」

虎之助は能天気な相槌を打ったが、叶人は黙って下を向いた。薄い黒雲を張りつけたように、表情はいっそう暗い。

「あいつらは、いじめをやめたんじゃない。おれから涼真に、的を変えただけだった」

「何でだよ。札《ふだ》は互いに握ってたんだろ？」

「……相手方の札の方が強かった。そういうことではないのか？」

十蔵の声に、かくん、と叶人はうなずいた。

「おれが……おれがいけなかったんだ……美久《みく》ちゃんの話なんてしたから……」

美久ちゃんは、涼真の妹だった。颯太よりひとつ上、三年生だけど、日頃から恥ずかしがりでおとなしい子だった。新設校には、近隣の他の二校からも生徒が集められた。新しい学校の新しいクラスに、なじめなかったのだろう。始業式から一週間後、男子生徒にからかわれたのを機に、美久ちゃんは学校に行けなくなった。

両親が時間をかけて説得にあたり、六月半ばから、ようやく学校に通うようになったが、それでも行きは涼真と一緒で、帰りはお母さんが迎えに行った。脆いガラス細工を扱うように、壊れないよう大事に気を配って、美久ちゃんを見守っていた。

その涼真の唯一の弱点を、叶人は三人に教えてしまった。

あいつらは、絶対の権限を持つ、ゼウスのカードを手に入れたのだ。

「おかしいって、どこかで気づいてた。半井と三島と吉井の、どこか勝ち誇ったような態度も、夏休みに入ったのに、涼真がおれと会いたがらなくなったことも」

もやもやとしたものはくすぶり続けていたのに、叶人はあえて見ないふりをした。久々にとり戻した自由の空気を、胸いっぱい吸っていたかった。そのあいだ大事な親友が、叶人よりもっとひどい状態にあることから、目を逸らし続けていた。

「おれ、最低だ……涼真はおれを助けてくれたのに、涼真のおかげで楽になれたのに……おれは涼真を売ったんだ！」

「叶人……」

「十蔵や虎之助を、非難できない。殺すよりもっとひどいことを、おれは涼真にしたんだ」

だが、あの日、叶人は見てしまった。青い橋の上にいる涼真と、あの三人を。

夏休みが終わり、二学期がはじまって一週間後、九月七日だった。

吉井川は、涼真と叶人を隔てた、学区の境目になっていた。

涼真の家に行くときに、必ず通っていた青江橋を、川縁の道を歩きながら叶人は遠くにながめていた。学校や塾とは反対の方角だから、最近は滅多に来ない。塾が終わってから、ゲームソフトを借りに、友達の家に寄った帰り道だった。

泣き声のような悲鳴のような、かすかな声が、叶人の目を青い橋に引きつけた。

オレンジ色に歪んだ日は、川の下流側に落ちようとしていた。

最後の光が、橋の上の四人を照らし出す。四人ではない、三人とひとりだ。橋に立っている三人と、そしてもうひとりの姿は、地上から浮いていた。

「涼……真？」

欄干に馬乗りの状態で、必死にしがみついているのは涼真だった。

一瞬で、全ての状況が理解できた。これまで避けてきたはずなのに、やっぱりそうなのか、と納得がいった。そのときでさえ、叶人はいくじなしのままだった。

――このまま、逃げてしまおうか。

その思いが、たしかによぎった。でも、そのとき、涼真と目が合った。

橋からは、まだだいぶ距離がある。目が合ったと思ったのは、錯覚だったのかもしれない。

だが、叶人は覚悟を決めた。

――もう、逃げられない、逃げちゃだめだ。

からだの奥底から突き動かされるように、叶人は走った。

「涼真、やめろ。そっからおりろ！」

「叶人……」

渡れない平均台に、泣きながらすがっているような格好だった。欄干にしがみついた涼真の顔は、涙でべしょべしょだ。

「なんだよ、志田。邪魔すんなよ。せっかく約束守ってやってんのに」

三人は現れた叶人に驚いたものの、面白くなってきたというように、逆ににやにやした。

青江橋のかかる道は、人も車もあまり通らない。人目がないのをいいことに、三人は涼真に、欄干を歩けと命じた。涼真は高所恐怖症だ。だからこそこいつらは、こんな真似をさせようとした。それがこの三人のやり口だった。頭の中が、バチバチとショートした。

「おりんなよ、藤村。妹がまた、教室でいじめられてもいいのか」

自分たちの言うことなら何でもきく後輩が、美久ちゃんと同じクラスにいる。それが三人の切り札だった。本当か嘘かわからない。ただ、まだ頼りない状態にある妹を、危険にさらすわけにはいかない。こいつらは美久ちゃんを人質に、涼真を奴隷に仕立て上げた。

半井たちの会話の切れ端から、叶人にはからくりが呑み込めた。

「情報提供してくれたのは、志田だもんな。友達甲斐あるよなあ」

半井のひと言が、何よりも深く胸をえぐった。そのとおりだ。涼真をここまで追い詰めたのは、他の誰でもない、叶人だった。

噴き上げた怒りが、別のものに変わった。その感情を、何と形容していいかわからない。ことばと経験を得た大人なら、その正体に気づいたろう。

それは、果てしのない虚無だった。

「涼真、おりろ」

「でも……」

「おりろ」

静かだが、絶対の響きがあった。手を貸して、涼真を欄干からおろす。

「せっかくのゲームに、水をさすなよな。それともまたおれたちと、遊んでほしいのか」

「おれたち、意外と好かれてんじゃん」

げらげらと、三人が笑い合う。ばかばかしいと、心底思った。

他人を貶めるしか能のないこいつらも、自分に裏切られたのに、責めもせず身代りになった涼真も。誰よりも卑怯な自分自身に、叶人は愛想が尽きていた。

「いいよ、おれが代わりに遊んでやるよ」

乾いた声が、唇から漏れた。

「この欄干を、端から端まで歩くんだぞ」

橋の長さは五十メートルほど。欄干は、両足をそろえて載せられないほど細い。橋の下を満たす川は、三途の川と同様まったりと淀んで、流れはほとんど感じられない。ただ、欄干の上に足を前後させ、そろそろと立ち上がると、水面がひどく遠く感じられた。

それでも、怖くも何ともなかった。思考も神経も、とうに壊れていた。

駆け寄ろうとする涼真を、三人が無理やり押さえつける。叶人は涼真をふり返った。

「ごめん、涼真。……ごめんな」

「叶人！」

涼真の声が、背中からきこえたが、叶人はもうふり返らなかった。手を水平に横に伸ばして、一歩一歩欄干の上をいく。橋の中ほどまで来て、叶人は歩みを止めた。

「どうしたあ？　怖気づいたのか？」

三島が先を促したが、叶人は動かなかった。最初から、ゴールはここだと決めていた。だからこそ、恐怖を感じずに済んだのだ。たとえ欄干を渡り切ったとしても、さらに無理な要求をつきつけられるだけだ。

――もう、終わりにしよう。ここで全部、おしまいにするんだ。

どんな呪文より、それは叶人を楽にしてくれた。ここから右にからだを倒せば、望みどおりすべてが終わる。

そのとき、叶人の目に、見たことのない色がとび込んできた。

深い青と鮮やかな水色と、そしてオレンジ。川の下流に没した太陽を、深い青が上からかぶさるように追いかけて、その隙間に真昼の快晴のような水色がはさまっている。空をまだらに覆う雲が、残照を下から浴びて、オレンジの帯を何枚も渡す。

荘厳なまでに神々しい色だった。

「神話の、景色みたいだ」

神々が住んでいそうな空と雲は、しかし神のものではなく、叶人の前にある。空想でも伝説でもなく、その美しさは現実だった。

――こんなきれいな場所に、いままでいたんだ。

死にたくない――。この光の満ちた世界から、いなくなるのは嫌だ。

唐突な、強い感情だった。自覚したとたん、足の先から震えがきた。麻痺していた恐怖が、たちまち全身を襲った。それまで難なく水平を保っていたからだが、急にゆらゆらと左右に揺れる。

左側に、落ちなければ――。そちらにからだを傾けようとしたとき、右側でバサリと音がして、つい顔を向けてしまった。二羽の白い海鳥が、風に乗って下流へととんでいく。引かれるように、からだは右に傾いていた。

　水に落ちる寸前まで、叶人の目は遠ざかる白い羽を追っていた。


「三すくみとは、そのようなわけであったか」

　叶人が話を終えると、十蔵が呟いた。

　欄干を歩けと強要したのは半井たちだが、橋の中ほどに至るまで、叶人は自身で幕をおろすつもりでいた。しかし落ちる直前で生きたいと願い、その甲斐もなく川へ落ちた。

　死因がわからないと県営王は言ったが、正確には、他殺でもあり、自殺とも言え、事故ともとれる。

「たしかに、判じようがねえな」

　むっつりと返した虎之助は、話の途中で何度か怒鳴った。船着場に来た客たちを、待たせるためだ。それ以外は、めずらしく黙ってきき入っていた。

「おれ、やっぱり現世に行きたい。涼真に会えば、残り一パーセントがわかる気がする」

「地蔵玉が落ちてくれりゃ、行けるがな」

「そう都合よく、落としてくれるはずもなかろう」

　待たせていた客は、船着場に近い河岸で四方山《よもやま》話をしている。五、六人ほどいる客はいずれも年寄で、どう見ても川が荒れるほどの、心残りを抱えているとは思えない。

「ひとまず仕事を片付けるとするか。そろそろ婆殿が、やってきそうな頃合だしな」

十蔵が言って、叶人は客を呼びに行った。

やがて舟が岸を離れると、十蔵は客に話しかけた。

「長生きされたようだが、おいくつになられる」

「九十一だよ。大正十年の生まれでね、原首相が暗殺されて、その二日後に生まれたんだ」

昔過ぎて、叶人にはついていけない。おばあさんは十蔵を相手に、のどかな昔語りを続けた。

「やはりその歳まで往生されると、心残りなどないものでござろうか」

「心残りなら、いくらでもあるさ。すっきりしないものを溜め込みながら、整理する方法をおいおい覚えていく。人生なんて、そんなもんさ」

なかなかうがったことを言う。けれどもここまで達観していると、やはり現世に思い残しなどなさそうだ。その証拠のように、水面には波ひとつ立たない。叶人はがっくりと肩を落とした。

「ただ、歳を経るごとに、何故だか昔のことばかり鮮明に頭に浮かんでね。まあ、いちばんの心残りといえば、喧嘩別れしてそれきりになった昔なじみのことかね」

「喧嘩して、それきりに？」つい興味がわいて、叶人がきき返した。

「なにせ八十年も前だから、喧嘩の理由すら思い出せない。ただ、喧嘩してすぐに、その子の一家が夜逃げしてね」

「夜逃げって、借金？」

「そうだよ。結構裕福な家だったんだが、アメリカから起こった世界恐慌で、株が暴落してね。その子のお父さんは財産をすっかり失くして、大枚の借金を背負う羽目になったんだ」

いまの日本経済そっくりで、へえ、と叶人が感心する。

「もう、トヨちゃんとは絶交だと言い渡して、次の日にはたちまち後悔してね、謝りに行ったら、大きな家はもぬけのからで、債権者が詰めかけていた」

まるで自分が友達一家を追い詰めたような、そんな罪悪感にかられたと、老婆は話を結んだ。

「そのトヨという娘の消息は、わからず仕舞いか？」十蔵がたずねた。

「それがふた月前に人伝《ひとづて》にね、横浜の老人ホームにいるとわかったんだ。偶然てあるもんだなと、驚いたよ」

おばあさんは半年前に入院し、その病院の看護師さんがトヨちゃんを知っていた。以前、横浜の老人ホームの契約病院にいたからだそうだ。すぐにでも会いに行きたかったが、あいにくとおばあさんの方にその体力がなかった。

「まあ、いちばんの心残りといや、それかもしれないね」

湿っぽくないため息をついたおばあさんを、虎之助がふり向いた。

「だったら、ばあさん、おれたちがそいつを晴らしてやるよ」

むんずと腕を伸ばした虎之助は、おばあさんの抱えていた地蔵玉をとりあげた。

「ちょ、虎之助、何を……」

「そのトヨってのに、詫びを入れたいんだろ？」

手の中の玉を、ぽいっと川に放り投げた。薄いベージュ色の玉は、迷うように水面に浮かんでいたが、ぷくん、と小さな音をさせ、水底に沈んでいった。

どうしよう、と叶人は後ろをふり返ったが、十蔵もまた少しもあわててはいない。

「ご案じめさるな、お婆殿。心残りを晴らすのは、我らが役目。昔なじみに、伝えたいことがあるのでござろう」

目は隣の老婆でなく、叶人に向けられている。

「十蔵……虎之助……ありがと……」

「しけた面してねえで、さっさと行くぞ」

虎之助が方向を変え、舟を近くの此岸につける。

しばし走り去っていく三人の後ろ姿を、老婆は茫然とながめていたが、その顔がにやりと笑った。

「賭けはあたしの勝ちだよ、懸衣翁」

勝ち誇った笑みを浮かべ、老婆がゆっくりと腰を伸ばした。

＊

「田中トヨという娘、ではなく年寄であったな。そちらは我らに任せろ」

三人はトヨちゃんがいるという横浜の老人ホームに送られたが、現世に着く早々、十蔵は叶人に別行動を提案した。一万円くらいに相当する、千円札と小銭も渡す。

ふたりだけで本当に大丈夫だろうかと心配になったが、案ずるな、と十蔵は、叶人を笑顔で送り出した。

「相模《さがみ》から江戸までというと、かなりあるな。道はわかるんだろうな」

「うん。横浜まで私鉄で行って、そっから横須賀線に乗り換えるよ」

虎之助にはそう応じたが、東京を西から東にまたぐことになるから、電車を乗り継いで一時間半はかかる。電車の中で、走りたくなるのを我慢して、窓の外に目をこらした。

この前と同じＪＲの駅に着いたときには、午後三時をまわっていた。日付は十月三日水曜日、涼真と会った翌日にあたる。

「やっぱ県営王に、携帯持たせてもらうんだった」

悔みながら、駅の傍にあった電話ボックスにとび込む。涼真の家の番号は、覚えていた。切符を買った釣銭を何枚か落とし、ボタンをプッシュした。幸いツーコールで繋がって、やや幼い声が応じた。

「はい、藤村です」

「……美久ちゃん、だよね。おれ、お兄ちゃんの友達だけど」

「お兄ちゃんなら、出掛けてます」

行儀よくこたえる。つい気がかりを思い出し、本題より前にたずねていた。

「美久ちゃん、元気？　学校、楽しい？」

「うん。お友達、できたんだ」

明るい声に、涙が出そうになった。自分の犯した愚かな罪が、ほんの少しだけすすがれたような、そんな気がした。けれども美久ちゃんの声がすぐに翳る。

「でもね、お兄ちゃんは元気ないんだ。お友達が、入院してるから。今日もね、お見舞いに行ったんだよ」

「おれ、じゃない、志田叶人のいる病院だね。涼真はいま、そこにいるんだね？」

うん、という声を確認して、叶人は電話を切った。区立病院なら、ひとつ手前の駅の方が近かったが、ここからでも走れば五分だ。

電話ボックスをとび出して、青が点滅している横断歩道に駆け込んだ。


「あの、志田叶人という子のお見舞いに来たんですが……病室がわからなくて」

受付横の総合案内で、そうたずねた。病室どころか、外科か内科かすらわからない。

「九月七日に橋から川に落ちて、運ばれたはずなんですが」

日付がはっきりしていたから、探しやすかったようだ。

「八階、第二病棟の八一一号室ですね。ロビーを正面に見て、左手に病棟の入口がありますから、そちらのエレベーターを使ってね」

この病院は十五階建てで、最初に地蔵玉探索をした寺崎留里の病院とくらべると、倍以上の高さだ。そのせいか、エレベーターが心なしか速く感じる。

「あのふたりは、こんなエレベーター、やっぱり嫌がるだろうな」

口の中で呟くと、ひとりぼっちが急に心細くなった。このからだになってから、ひとりきりなのは初めてだ。

よけいなことを思い出したせいか、八階で降りたときもあまり深く考えず、八一一という数字だけを探した。

「ここが八〇九だから……あった！」

八一一の数字の下にある、ネームプレートを確認したとき、いきなり正面の大きなドアがスライドした。あいたドアの奥に、茫然とこちらを見詰める姿があった。

「かな……と……？」

――おかあ、さん……なの？

口から出なかったのは、別人かと思えるほどに、母がやつれていたからだ。毎日スーツで通勤していたこともあり、週末も化粧をかかさず、いつもきりっとした格好をしていた。なのに目の前に立つ女性は、化粧はおろか髪も結い上げていない。ダイエットを始終口にしながら、成功した試しがなかったのに、五キロは痩せて見えた。

目の前にいるのが自分だと、気づかれたのだろうか――。一瞬、そうも思えたが、よく見れば別人だとすぐにわかる。この仮のからだは、そのレベルだ。

しばし叶人を見下ろして、そっと後ろをふり向く。悲しそうな笑みが、口許に浮かんだ。

「そんなはず、ないわね……ごめんなさいね、おばさんの息子に、よく似ていたから」

何よりも、この現実の前では、空想の入る余地がない。

母の陰から、ベッドに横たわった自分の姿が見えた。酸素マスクをして、頭は包帯とネットに覆われている。ものすごく奇妙な感覚だった。

前にも一度、魂がからだを抜けたときに、天井から自分の姿を見下ろしたことはある。だが、半分夢のようだったあのときの感覚とは違って、ふたつの目玉に映る姿はあまりにリアルだ。

ベッドの向こうからは、びっくり顔がこちらを見詰めている。弟の颯太だった。

「よく似てるけど、やっぱり違うわ。あたりまえね、叶人はずっとここで眠っているんだから」

いまにも倒れそうな姿が痛々しくて、すぐにその場を立ち去れなかった。平日のこの時間なら、会社にいるはずだ。叶人の怪我から、ずっと会社を休んでいるのかもしれない。

「怪我……したんですか？」

「ええ、橋から川に落ちてね」

知っているのか知らないのか、自分で落ちたとも他人に落とされたとも言わなかった。

「ちょうど近くの高校生が、部活動のランニング中に通りかかって、何人かが川にとび込んで助けてくれたんだけど……水に落ちたときに杭で頭を打って、ずっと寝たきりなの」

一命をとりとめたのは救助が迅速だったためで、意識が戻らないのは頭を負傷したからかと、初めて知った。

「おかあさん」

いつのまにかドアのところに来ていた颯太が、母親の背中からじっとこちらを窺っていた。

「ああ、ごめんね、颯太。先生のご用事が済んだら、すぐ戻るから。お兄ちゃんを見ててあげてね……あなたも、引き止めたりしてごめんなさいね」

「……早く、よくなるといいですね」

「ありがとう」

いまにも泣き出しそうな笑顔に、目と鼻の奥が、ずんと熱くなった。廊下を遠ざかる後ろ姿が、角を曲がって消えるまで、叶人は目を離すことができなかった。

だからその視線に気づいたときには、ぎょっとした。弟の颯太は、スライド式のドアを押さえながら、こっちを凝視したままだ。

「お兄ちゃん、だよね」

「え」

「颯太の、お兄ちゃん、でしょ？」

まっすぐな視線も口調も、確信に満ちていた。

「……お兄ちゃんは、あそこだろ？」

「そうだけど」後ろをちらりとふり返る。「でも、やっぱりお兄ちゃんだ。僕にはわかるんだ。お兄ちゃん、どうしてもとのからだに戻らないの？　戻れなくなったの？」

今度こそ、何も言えなくなった。さっき堪えた涙があふれそうになり、視界が滲んだ。だが、いまは泣いている暇はない。ここへ来た目的を思い出し、叶人は喉の奥に涙を押し込んだ。

「あのさ、涼真、ここへ来なかった？」

「さっき来たよ。すぐ帰ったけど」

遅かったか、と舌打ちが出そうになる。

「どこへ行ったか、わからないか？　誰かに会うとか何をするとか、言ってなかったか？」

「涼兄ちゃん、お兄ちゃんの仇《かたき》をとるって、僕にだけこっそり教えてくれた」

「本当か！　どこ？　涼真はどこに行ったんだ？」

「わかんないけど……あの場所でって言ってた」

「あの場所……」

何度も何度も頭に描いた風景が、ぱん、と目の中に映った。

間違いない、あの青い橋だ。涼真はきっと、あそこにいる。

「ありがと、颯太。おれ、もう行かないと」

「お兄ちゃん、もう僕のお兄ちゃんには戻らないの？」

こくっと唾を呑み込んで、それから颯太に言った。

「戻るよ。必ず戻る。だから、待ってて」

「うん！　きっとだよ。指切りね」

叶人の小指に絡みついた弟の指は、少し湿っていて、とても温かかった。


頼む！　間に合ってくれ！

それだけを念じて、ひたすら駆けた。マラソン大会だって、こんなに必死に走ったことはない。魂が空をただよっていたときは、病院から橋まですぐだった。なのに生身のからだだと、直線距離でも二キロ、おそらく三キロ近い距離を走ることになる。

ひとつだけ有難いのは、この借り物のからだは、本物の叶人よりも速い上に持久力もある。

それでも心臓が破裂しそうになったけど、胸の中で祈りながら、ひたすら足を前に出した。

祈っていたのは、神さまにではない。

――ダ・ツ・エヴァでも県営王でも閻魔大王でもいい。お願いだから、少しでいいから、時間を止めて！

どんなに祈っても、それだけは叶えられなかった。太陽は、じりじりと落ちていく。

正面に見える夕日が、川の中にいまにもどっぷりと頭まで浸かりそうになったとき、叶人の目は、青い橋と、その上にある四つの人影を捕えていた。

涼真！　と叫んだつもりが、口からとび出しそうな鼓動に塞がれて声が出ない。

どうにか青い橋にすべり込み、けれどそこで、足が止まった。

向こう岸に近いあたり、向かって右手の欄干に、半井と三島と吉井が固まって、その前に涼真がいる。その構図は前と同じなのに、まるで鏡の中の世界のように立場は逆転していた。

欄干に背中をへばりつかせ、塊になって怯えているのは三人の方で、追い詰めているのは涼真だ。

その右手にあるものが、最後の日を浴びて紅くぎらりと光る。たぶん、家から持ち出した物だろう。涼真が握っていたのは、包丁だった。

「や、やめろ、藤村……それ以上、来るな」

三人の真ん中で、顔面蒼白の半井が、欄干に尻をめり込ませる。

「のぼれよ……叶人やおれに命じたように、端から端まで歩いてみろよ」

ちらりと下を覗いた三島が、ごくりと唾を呑む。

「むりだ、よ……落ちたら絶対、流される」

昨日の空は、厚い雲に覆われていた。たぶん、昨夜ひと晩中、雨が降ったんだろう。橋の下の景色は、あのときとはまるで違う。カフェオレ色の濁った川は、厚みを増して流れも速い。三島が言ったとおり、落ちればたちまち流されて、最悪の場合、遺体さえあがらないかもしれない。

「死ぬのが怖いのか？　叶人を殺しておいて、よくそんなことが言えるな！」

「……志田のヤツ、本当に死んだのか？」

吉井の問いにはこたえず、涼真は三人に包丁を突きつけた。刃渡りは二十センチくらいか、涼真の手の中ではひどく長く見える。

「心配すんな。叶人があっちで待ってる。おまえたちを見届けたら、おれもすぐに行く」

涼真はやはり、死ぬ気で復讐に挑んだのだ。三人の命を手土産に、叶人の後を追うつもりなのだ。鼓動に塞がれていた喉が、ひと息に開いた。

「涼真！　やめろ！　そんなことするな！」

叫びながら橋を渡って、四人のもとに駆けつける。

あ、と涼真は、昨日のことを思い出した顔になったが、半井たち三人は、まるで幽霊でも見ているように、驚愕の表情で固まった。

「志田……なのか？　いつ、退院したんだよ」

「死んでないってことは、やっぱり藤村の嘘かよ」

三島と吉井が、口々に言ったが、半井だけは否定した。

「違う。こいつ、志田じゃない。よく似てるけど、別人だ」

「この人は、叶人の親戚だよ……怪我したくなかったら、下がっててください。これはおれと叶人の問題なんだ。叶人がいないいま、おれがやらなきゃならないんだ」

話しているあいだも、涼真は三人から視線を外さない。包丁も構えたままだ。

「そんなこと、お……叶人は望んでいない！　涼真が不幸になったら、死んでしまったら、叶人のしたことはすべて無駄になる」

「やっぱり叶人は、おれのために……おれや美久のために、あんなことしたんだ」

「涼真……」

「叶人は命をかけて、おれと美久を守ろうとした。だったら今度は、おれがお返しする番だ……死ぬのは怖くないけど、妹のためにもこいつらは残していけない。だから、ここで全部終わらせるんだ」

全てをココで終わらせる――。

まったく同じことを、叶人も考えた。自分さえ消えれば、事はすべて解決すると、そう思った。なのにその結果が、いまここにある。悲劇は悲劇しか呼ばない。プラスにマイナスをいくら掛けてもマイナスになるように、負の連鎖は止まらず、そして加速する。

「違う……そうじゃない。おれは涼真に、こんなことして欲しかったんじゃない」

三人を殺せば、今度はその親たちが、涼真の家族に矛先を向けるかもしれない。そうなれば美久ちゃんだって、無事に済むわけがない。いまの叶人なら、それがわかる。

父親を殺した、十蔵と中橋巧。無差別に人を殺した虎之助と野田輝幸。

彼らをまのあたりにした叶人には、痛いほどよくわかる。

でも、ただの小学六年生には無理だ。以前の叶人やいまの涼真には、理解する術《すべ》などない。

「おれは嫌だ……死ぬのは嫌だ！」

叶人とはいちばん遠い側にいた三島が、欄干を離れて走り出そうとした。涼真が反射的に包丁をふって、刃の先っぽが、薄いスタジャンの袖をすっぱりと裂いた。三島が声にならない悲鳴をあげて、その場にぺたりと座り込む。

「そんなとこに座ってないで、さっさとのぼれ。でないと本当に刺すぞ」

涼真は本気だ。もう止める手段はない。だったら——方法はひとつだけだ。

「おれがやる」

一歩踏み出して、涼真に右手をさし出した。

「それ、貸せよ。おれが蒔《ま》いた種だ。決着はおれが……志田叶人がつける」

「かな……と……？」

ぽかんとした表情が、叶人を見ている。前にならぶ三人も、同じ顔になった。

「志田、なのか？」

「そうだよ。おまえらと戦うために、地獄から舞い戻ったんだ」

芝居じみた恥ずかしい台詞が、口からするりと出た。たぶん時代錯誤なふたりの影響だろうが、半分は本当だ。

ぼんやりしたままの涼真の手から包丁をとりあげて、三人にかざす。そのまま一歩前に出ると、互いにくっつき合っていた半井と吉井が、三島同様、地面に尻をついた。

「いまのおれは、叶人であって叶人じゃない。おまえらを殺しても、罪には問われない。もしも生き残った誰かが証言しても、おれには絶対のアリバイがある。なにせ志田叶人は、病院のベッドの上にいるからな」

本当にそうしてやろうかと、そんな誘惑がちらりと胸をかすめた。だが、それはほんの一瞬だった。

「ごめん……ごめんなさい……」半井のからだが、震え出した。

「もう、しませんから、許してください」吉井もぼろぼろと涙をこぼす。

「おまえらの言うことなんて、信じられるか！」

「そうだな、涼真。こいつらなんて信用できない――だから、自分たちでなんとかするしかないんだ。こんなものじゃなく、別の方法で」

叶人は右手を大きくふった。手から離れた銀色の刃は、弧を描いて川に落ちた。

どうして、こんなことになったんだろう、いったい何がいけなかったんだろう。嫌になるほど叶人は考えた。

そして、ひとつだけ気づいたことがある——我慢をしないことだ。

嫌なことをされて、そのうちやめてくれるだろうと我慢する。自分さえ苦痛に耐えれば、いまさえ堪えれば、台風のように通り抜けてくれると信じて。

だけど実際は、それが相手の思う壺だ。何をしても騒がない、面倒がなくて周囲にも知られない。相手にとってはいいカモだ。存分につけあがり、攻撃は日増しにエスカレートする。

一日で過ぎる台風ではなく、長く冷たい雨季のようなものだ。

そのうちやむだろうと黙って雨に打たれていると、知らぬ間にどしゃぶりになり、前すら見えなくなっている。体温を奪われて、気づけば身動きすらできない。

だからそうなる前に、できるだけ早いうちに動くんだ。

「何とかって……別の方法って、どうするんだ？」涼真がそうきいた。

「こいつらにとって、いちばんやって欲しくないことをするんだ」

「やって欲しくないこと……って？」

「でかい声で、泣いたり怒ったり叫んだりされること。嫌だって、はっきりと拒絶されること」

それだけ？　というように、涼真がきょとんとする。

でも、いちばん大事なのはそれだけだ。こいつは黙っていじめられている人間じゃない、いじめるには面倒な奴だと、相手にアピールするのだ。

「おれや涼真にしていたことを、思い返せばわかる。こいつらが恐れているのは、自分たちの罪がまわりに知られることだ。友達や親や学校に伝わって、騒ぎがどんどん大きくなれば、今度は自分たちが周囲から責められることになる」

「そう、か……」

「こいつらがやっているのは、ただのうさ晴らしだ。悪いのはこいつらだって、おれはひとつも悪くないって、怒鳴ってやればよかったんだ。こんな情けない連中におどおどせずに、毅然としているべきだったんだ」

いまだから、言えることかもしれない。いちばん辛いときには、頭なんて動かない。だけど、これが真理で、たぶん、正しいこたえだ。

「それでも駄目なら、最終手段を使ったってよかったんだ。こんなふうに」

三人の前にしゃがみ込んで、ふたたび右手をふり上げた。

ぱん、と大きな音がして、半井の顔が、思った以上に左に曲がる。やっぱりこのからだは、本物の叶人より腕力があるようだ。それでも構わず、三島と吉井にも平手打ちを食らわせた。

「いいか、美久ちゃんにだけは手を出すなよ。そんな真似したら、どんな手段を使っても、おまえらを再起不能にしてやるからな」

応用は初めてだけど、ずっと虎之助の傍にいたから、凄みも目つきの悪さもほぼ完璧にマスターしてある。お母さんが見たら、マンガみたいに卒倒するかもしれない。

左の頰を手で押さえ、三人が泣きながら、こくこくと首をふる。

「それと、今日のことは誰にも言うな。そのかわり、あのときのことはおれも忘れてやる
……あのとき橋から落ちたのは、事故だからな」

「叶人……」

「本当だよ、涼真。おれが自分からとび込んだわけでも、こいつらに落とされたわけでもない。よそ見をして、足がすべったんだ」

涼真のせいでもこの三人のせいでもないし、自分が悪いわけでもない。

それが欠けていた、一パーセントのこたえだった。

「だから涼真、もうこれ以上、辛い思いはしなくていいんだ。叶人はきっと助かるから」

「え？」

「じきに病院のベッドから解放されて、涼真のところに戻ってくる」

涼真が、目をぱちぱちさせた。

「あの、それって……やっぱり、叶人じゃないってこと？」

「いまにわかるよ。だから、待ってて、涼真」

涼真は、うん、とうなずいた。

長いこと目にしなかった、何よりいちばん見たかった笑顔が、そこにあった。

＊

「橋から落ちたのは、事故ということでいいんだね」

「うん、県営王、それで間違いないよ」

自信を持ってこたえると、タッチペンが画面の上ですばやく動いた。

「よろしい、完了だ」

エンターキーを押す音が、きこえるようだ。おそるおそる叶人はたずねた。

「あのさ、完了って……彼岸に渡る手続きが、完了したってことじゃないよね？」

「これ以上、よけいな手間を増やさないでおくれ。地蔵玉を抜くのも、結構疲れる仕事なんだからね」

腕輪を鳴らしながら白い手をひらひらさせて、後ろをごらん、とダ・ツ・エヴァが言った。

「あ」

死者の群れの向こう側、煙のようなもやの中に、ちょうどダ・ツ・エヴァの髪を長く敷いたみたいに、金色の道が見えた。

「あれを辿れば、からだに戻ることができる」

「ダ・ツ・エヴァ……ありがと」

白いローブにギュッとしがみつくと、ハーブのようないいにおいがした。

「おまえは最後のひとかけらを、己で見つけたんだ。褒美でも何でもない。あれはおまえ自身が引いた標《しるべ》だよ」

うん、と頭を上げると、ペリドットの目が瞬いていた。人形のように無機質に見えたその瞳は、春の新芽の色だった。

「現世に戻れば、ここでのことは一切忘れてしまうが」

「嘘だろっ！　県営王」

「嘘じゃないさ。生まれ変われば、前世もあの世もすべて忘れる。時間の中に身を置くためには、それが必要でね」

「せっかくいろいろ学習したのに、またふつうの小学生に戻るのか」

大きなため息をつくと、十蔵が言った。

「たとえ忘れても、叶人の魂の中には、ちゃんと蓄えが残っていると思うぞ」

「そうかなあ」

「たしかに無意識というものは、表層より膨大な情報を蓄積できるからね」

魂の強弱は、その無意識によって決まると、県営王も請け合った。

「だから君に、もうひとつ教えてあげよう」

「何？」

「君が行こうとした、彼岸の話だよ。天国とか極楽浄土とか言うだろう。どんなところだと思う？」

「えーっと……花が咲いててきれいな音楽が鳴って、悩みも不幸もない場所、かな？」

「ま、そんなところだろう。そういう場所に、ずっといたいと思うかい？」

うーんと叶人は考えて、そしてこたえた。

「ずっとは、いたくないかも。何か、退屈しそう」

「じゃあ、君にとっての天国は、どんなところだい？」

「そりゃあ、好きなだけゲームして、お菓子もたくさん食べれて、夜更かしも寝坊もし放題で……」

あれ、と叶人は気がついた。同じ生活をしていた男を思い出したからだ。中橋巧は、その生活を守るために、父親を殺してしまった。

「好きなことだけするって、実は幸せじゃないのかな」

「そのとおり。どんなに楽しいことも、続けば飽きる。退屈というのは、実は何よりの不幸でね」

丸いからだから空気が抜けるように、らしくないため息を漏らす。

「じゃあ、天国って、どんなところ？」

「天国なんて、存在しないんだよ」

「えーっ！　それって詐欺じゃん。三途の川も地獄もあるのに、どうして天国だけないんだよ」

「生まれ変わることこそが、天国だからだよ」

妙な新興宗教にひっかかってしまったみたいに、やっぱり騙された感がある。だが、十蔵が、ことばを添えた。

「本当だ、叶人。こいつのように地獄へ落とされぬ魂は、すべて現世に還る」

「おれを引き合いに出すんじゃねえよ」

虎之助には構わず、県営王は先を続けた。

「流れる時の中に在ることこそが、何よりの幸せなんだ。世界も自分も、絶えず変わり続ける。生命にとっては、何よりのごちそうなんだよ」

「時間が、ごちそう……」

「禍福《かふく》は糾《あざな》える縄の如しというからな。この世の幸不幸は、常に移り変わるという諺《ことわざ》だ」

感慨深げに、十蔵もうなずいた。

「カフクって、下っ腹のこと？」

「おうよ、てめえの腹はてめえで贖った飯で満たせってことだろ？」

「まったく違うぞ、虎之助」

ふたりのボケと突っ込みに思わず笑って、

「こんな面白いネタも、忘れちゃうのか……」湿っぽいため息が出た。

本当は、もっと忘れたくないものがある。叶人はふたりの渡し守を見上げた。

「カローン隊も、今日でお終《しま》いだね」

「けっ、何だそのしけた面は」

「またふたたび会えるのだから、そんな顔をするな、叶人」

「本当に、また会える？」

「あたりめえだろうが。てめえが死んだら、嫌でも三途の川を渡る」

「もし長生きしたら、何十年も後になるよ」

「何十年でも、我らはカローンとして待っておる」

次に叶人に会うまでに、生まれ変わるか否かをじっくりと考える。十蔵はそう言った。

「約束だよ、十蔵。それまで地獄に落ちるなよ、虎之助」

ダ・ツ・エヴァと県営王にもさよならを言って、叶人は四人に背を向けた。

金色の髪を敷きつめたみたいな道をたどりながら、叶人は後ろをふり向いた。

視界の先は厚いもやに閉ざされて、川の音すらきこえなかった。

エピローグ

「なあ、本当に叶人の遠縁にいなかったのか？」

「しつこいなあ、涼真も。半年も経ったんだから、そろそろ諦めろよ」

慣れない詰襟が苦しくて、叶人は襟の留め金を外した。開いた喉から、解放感が流れ込む。

入学式を終えて、叶人は涼真と一緒に校舎を出た。父兄はほとんど残っておらず、ふたりの母親も先に帰っていた。

中学に上がって、涼真とはふたたび同じ学区になった。クラスは違うけど、また一緒に登下校できる。校門に向かいながら、涼真はまだ腑に落ちない顔をする。

「そっくりの親戚がいないとすると、幽体離脱の線もあるな。どうして覚えてねえんだよ」

「ずっと昏睡状態なんだから、無茶言うなよ。ていうか、他人の空似のそいつに、担がれたんだよ、絶対」

そうかなあ、と両手を頭の後ろに組んだ涼真が、やべ、と叫んだ。

「制帽、教室に忘れてきた……明日でも別にいいかな」

「二中は結構、風紀にうるさいってきいたぞ。待っててやるからとってこいよ」

おう、と涼真が、風のように玄関へとUターンする。上を見ながらぶらぶらと校門を出たのは、満開の桜に見とれていたからだ。校門の内側に立つ、ひときわ大きな桜の古木が、外の歩道を覆うように枝をさしかけていた。

「あ、すいません」

上ばかり見ていて、校門の外に立つ人影に気づくのが遅れた。

桜の枝の下に、ふたりの男が立っていた。

「いや、構わぬよ」

紺のスーツに清潔な白いYシャツは、エリート官僚みたいでちょっと格好いい。黒い詰襟をしげしげとながめ、「よく似合《にお》うているな」と、目だけでにこりとする。

クールな眼鏡が似合いそうなのに、ことば遣いがやや変だ。

「どこがだよ。まるでカラスみてえだし、何より窮屈そうだ」

隣には、まったく逆のタイプの大男が立っていた。ふたり並べると、バランスの悪いことこの上ない。こちらはラフなブルゾンにパンツというストリート系だが、とにかく目つきと柄が悪い。それでも叶人は、釣られるように応じていた。

「たしかにこの襟、窮屈で、そのうちジャージ登校にするつもりです」

「ジャージャー？　ラーメンに、そのたぐいがあったよな」

「たしか、牛ではなかったか？」

真顔で続く漫才に堪えきれず、声に出して笑ってしまった。叶人が苦労して笑いを止めると、スーツの男は嚙みしめるように呟いた。

「来て、良かった……」

「え？」

「おかげで、何より見たかったものを、見ることができた」

「見たかったたって……桜ですか？」

「ああ、そうだ」と、大柄な方がこたえた。

違うタイプのふたりが、同じ目をした。懐かしそうな眼差しに、何故だかどきりとした。どこかで同じ場面があったような既視感と、何かとても大事なことを忘れているようなもどかしさがせめぎ合う。

「あの……お仕事、きいてもいいですか」

「我らは、カローンだ」

スーツの男が言った。それが何なのか、叶人は知っている。職業にしては変だから、会社名だろうか。重ねてたずねようとすると、

「お待たせ！」

涼真に勢いよく背中をたたかれて、急に現実に引き戻された。

「それじゃあ、失礼します」

一礼すると、エリート官僚みたいな男がうなずいて、でかい方は、うん、と伸びをする。

「さてと、おれたちも、ラーメン食いに行こうぜ」

どうしてか、また足が止まりそうになったが、涼真にせかされてその場を離れた。

学校の敷地の角を曲がるとき、涼真がちらりとふり返った。

「さっきのふたり連れ、どっかで見たような気がするんだ」

どこだったかなあ、と首をひねる。

頭の中にライトが明滅して、叶人の足が、唐突に止まった。

急いでUターンして、校門前を覗いたが、誰もいない。

「どうしたんだ、叶人」

「ごめん、涼真、おれ、行かないと」

「行くって、どこへだよ」

「ラーメン屋！」

呆気にとられる涼真を残して、叶人はＪＲの駅を目指して駆け出していた。

「いったい、どういうことだよ。あ、おれ、こってり醤油」

「細けえことはいいじゃねえか。おれもこってりの大盛だ」

「叶人がとまどうのは無理もないが。あっさりを、盛りは並みで頼む」

『伝六』は今日も混んでいて、カウンターはほぼ満席だが、幸いテーブル席があいていた。注文を復唱したお姉さんが、にっこりしてテーブルを離れると、叶人はふたりに顔を近づけ、小声で詰問した。

「三途の川の記憶は、一切、抹消されるはずだろ。何でおれ、覚えてるんだよ」

「さっきまで、忘れていたじゃねえか」

「そりゃそうだけどさ」

「婆殿の話では、大人ならまず無理だが、子供ならあるいはと申しておった」

大人には常識という壁が立ちはだかるが、柔軟な子供の頭であれば、現実にあり得ないことも受け止められる。思い出す可能性はあると、ダ・ツ・エヴァは言ったそうだ。

「目算は決して大きくないが、叶人には見込みがあると、爺殿も申されてな」

県営王の見込みとは、涼真が彼らを目撃したことだった。忘れてはいても、無意識は覚えている。ふたりの男の存在と、叶人によく似た仮の姿を、涼真が「現実」として認めている限り、一切をなかったことにするのは、それだけ難しくなる。

　涼真によって揺さぶられていた記憶が、ふたりの姿を実際に目にしたことで、事実だと認識したということだ。

「だからおれは、小僧が来る方に賭けた。へへ、賭けはおれの勝ちだな」

「馬鹿者が、おれも同じだ。賭けなぞ最初から成っておらんわ。だが……」

　そっけなく返した十蔵が、叶人をながめて目許をゆるめた。

「叶人が思い出してくれてよかった。我らは運がいい」

　何十年も先まで会えないと、そう思っていたからこそ、まともにさよならを言ったのに、たった半年で顔を合わせると、妙に恥ずかしい。照れ隠しに、コップの水をごくごくと飲み干した。

「そういえば、今日も地蔵玉探しだろ。ふたりだけ？　つきそいはいないの？」

「あんな連中なぞ、頼まれたって二度と御免だ」

「十王の配下からは、向こうから愛想尽かしを食らったろうが。毎度、虎之助との悶着が絶えなくてな、案内《あない》を断られてしまったのだ」

「仕事の後に、ラーメンくらい食わせろと言っただけだろうが。それを忙しいから無理だの、食うなら破廉恥がいいだの抜かすんだぜ」

「……虎之助、たぶんフレンチだから」

「そのようなわけでな、できれば叶人に、また手伝《てつど》うてもらいたいのだが」

「仕方ないなあ、前と違って結構忙しいんだけど、仕事の後のラーメンで手を打つよ」

にまにましそうになる顔を、懸命におさえる。

「お、そうか。じゃ、食ったらさっそく、白金村に行こうぜ」

「え、もしかして、仕事終わってないの？」

「叶人を迎えにという名目もあるのだが、虎之助がラーメンを食わせろとうるさそうでな」

「いい加減、大人になろうよ。あ、白金は村じゃなくて、高級住宅街だからね」

やがて丼が三つ運ばれてきて、テーブルに並んだ。

十蔵が箸をとるより早く、虎之助がすごい勢いで麺をすする。

湯気の向こうにいるふたりも、叶人も涼真も、たしかにいまのこの現実に存在している。

それが何より嬉しくて、叶人はいただきますと手を合わせた。

解　説

小池啓介

身の周りの物事を、好き、嫌いでしか判断できなくなる。そんな極端な感情に翻弄されることが、誰しもあるだろう。他人のことは簡単にわかった気になれるのに、自分について答えを出そうとすると——途端に不安になるのが、私たちの困ったところだ。

今あなたが手にしている『三途の川で落しもの』は、そんな私たちの抱える弱さに寄り添ってくれる小説である。

本書『三途の川で落しもの』は、二〇一三年六月に幻冬舎から書き下ろしの単行本として刊行された作品の文庫化である。

死後の世界に迷い込み、三途の川の渡し守をすることになった少年が、ふたりの大人の力を借りながら現世に未練を残した人々を成仏させていくファンタジータッチの小説で、一話完結の連作短編形式の物語を主人公にまつわる謎が貫くところに妙味がある。短編と長編、双方の読みどころを備えているわけだ。

作者の西條奈加は、二〇〇五年に第十七回日本ファンタジーノベル大賞を、近未来の日本に「江戸国」が現れる破天荒な設定の『金春屋ゴメス』(現・新潮文庫)によって受賞してデビューした。その後しばらくは時代小説に注力していたが、二〇一一年の連作ミステリー『無花果の実のなるころに』(現・創元推理文庫)ではじめて現代を舞台にした作品を手掛け、以後だんだんとその数を増やしていくことになる。本書もその一冊にあたるのだが、ファンタジーの要素と時代小説の要素も併せもつところに、他の作品とは異なる書き手の挑戦心が垣間見られるように思う。

物語の主人公は、志田叶人。十二歳の小学六年生だ。だが、この少年、冒頭でいきなり窮地に立たされてしまう。学校の近くにある橋の上から川へ落下し、意識不明の重体に陥ってしまうのだ。しかも意識を取り戻すと、そこはなんと死者たちの世界だったのである。

自分の置かれた状況をなんとなく察した叶人の横を、歩いていく人たちがいた。「あの世とこの世、現世と冥界のあいだに横たわる川」――すなわち三途の川へと、向かっているのだという。人々のあとを追った少年は、金髪碧眼の美女「ダ・ツ・エヴァ」と小太りの眼鏡男「県営王」と出会う。ふたりは、死者を閻魔大王の元へ送る役割を担っているのだ。

三途の川を渡ろうとする叶人に、ダ・ツ・エヴァは衝撃的な事実を明かす。「おまえはまだ、死んでいないじゃないか」と。

閻魔大王に会いに行くには「地蔵玉」がなくてはならない。地蔵玉とは、現世への未練が固まってできた人の頭くらいの大きさの玉のこと。この玉をもとに、閻魔大王が死者を裁くのだ。地蔵玉ができあがるには、死んだ理由が必要となる。そして叶人は、自分が橋から落ちた状況がどうしても思い出せない。自分の死因がわからないままでは、現世に戻ることも、あの世へ旅立つこともできないのだ。これが、先に書いた〝主人公にまつわる謎〟の正体である。

叶人は、ダ・ツ・エヴァたちの下で、三途の川の渡し守の仕事をすることになる。もちろん彼ひとりではできはしないので、少年をサポートする者たちがいる。江戸末期を武士として生きた因幡十蔵と、同じ時代にいたやくざ者の虎之助のふたりである。男たちは一五〇年前と変わらぬ姿のまま、渡し守を続けているのだ。

ところが、叶人の初仕事で事件が起こる。三人が、ある女性を船に乗せて川を渡っていたところ、船が傾いたせいで、彼女のもっていた地蔵玉が水底へ沈んでしまうのだ。厄介なことに水底は現世とつながっていて、地蔵玉はそちらの世界へ行かないと取り戻せない。地蔵玉を見つけにいくのも渡し守の仕事なのだと聞かされた叶人は、〝落しもの〟をさがすために自分が生活していた世界に舞い戻る。十蔵と虎之助を従えて。

元の世界に戻った叶人は、死んだ女性の未練――彼女の娘が入院する病院へ潜入するが、そこには複雑な事態が待ち受けていた。叶人たちは、現世にある問題を解決しなければ、地蔵玉を手に入れることができないのである。

以降、死者たちが死してなおかかえた苦しみや哀しみに寄り添い、三途の川を渡らせようと奮闘する少年の姿が、短編の形式で描かれていく。

人が現世に残してきた未練が各話のテーマとなるので、いきおい話の雰囲気は重苦しくなりかねないはずだが、西條の書きぶりはそれほど単純ではない。個性的なキャラクター描写もさることながら、ユーモアをまじえた軽妙な会話を繰り広げたり、〝江戸時代人〟の思考と現代の常識とのあいだに生まれるギャップを幾度も投じ、シットコムのような面白みを引き出したりと、読み手は終始心地よさを受け取ることができるようになっている。登場人物も読者も、いたずらに殺伐とした気分にさせることをしないのである。

また、叶人の〝世界〟に対する姿勢もとても清々しい。自分とは違った価値観を抱く人間たちと真剣に接するうちに、少年は多くのことを学ぶわけだ。少年少女の成長譚は、西條が得意とするところである。

第三者の視点で他者の人生と向き合うという本書の構造は、西條のある作品を思い出させるものだ。西條は本書にほんの少し先駆けて、非常に似たタイプの作品を書いている。二〇一二年の『千年鬼』（現・徳間文庫）である。この作品は、ひとりの少女を救うため人の心に生まれる「鬼の芽」を摘みとりながら、時間を超えて旅をする小鬼の目を通して「人の営みを、喜びを、苦難を、慟哭を」描いた、一種の寓話であった。

相通じる設定と内容をもった両者には、決定的な違いがある。『三途の川で落しもの』のほうが、より強く現代の私たちとの接点を孕《はら》んでいるところだ。これは、小鬼が少女を思う気持ち――つまり利他主義について書かれた『千年鬼』とは異なるテーマを本書が扱っているからである。

現代の世界に江戸時代の人物を登場させ、三途の川や地蔵玉というファンタジーならではの装置・道具を登場させる――本書において西條は、それまでに自身が書いてきた作品の舞台や設定をつなぎ合わせている。現実にはありえない状況を設定し、時空を超えた価値観をいるのだ。

対比させ——それでありながら——我々の感情と作品内の出来事との距離を縮めようとして

それでは、こういった特異な設定を用意することにより、西條はなにを書こうとしたのか。

一言でいえば、価値観をいったん無効化させることである。西條奈加はデビュー以来、多くの作品のなかに、我々の生きる世界は善悪を中心とした二項対立で割り切れるものではないというテーマを潜ませてきた。

その象徴が、〝江戸時代人〟因幡十蔵と虎之助のふたりである。とくに虎之助は、何十人もの人々を殺《あや》めて来たという。彼は叶人の協力者となるけれど、普段は怖い人物に実はいいところがあるといった、ありきたりな造形はされていない。本質的には彼は殺人鬼であることを、著者は絶えず読者に意識させるのだ。そうしながらも、それを〝悪〟と断定しないところが、西條の強靭な作家性にほかならない。読み手は叶人と一緒に、考え方を少しずつ柔らかくさせられていくわけである。

あの世に行ってすぐに叶人は、自らの目が描きだすことが、そのまま世界を規定していくルールになっていることを知らされる。すでに本書をお読みいただいた方であれば、冒頭部分でさまざまな色の名称が記されていたことをご記憶されているかと思う。作品内で描かれる色、イメージはすべて、叶人が受け取った色、イメージで成り立っている。

本書『三途の川で落しもの』が浮かびあがらせるのは、結局のところ世界は自分の目で見るしかないというある種の真理であり、そのことの厳しさである。

この観点からとらえるならば、叶人が橋から落ちた真相こそが、本書の主題をもっとも大きく体現する存在といえるはずだ。彼が自分自身の問題として直面する川への落下の理由は、長編小説として読んだ場合の最大の眼目であり、ミステリー小説における謎といってもいい。西條はミステリーの手法をもって、テーマを読み手の心に強烈に刻印する手段を選んだ。クライマックスへ向かう過程——一作ずつの短編を、西條は周到につくりあげ、叶人を成長させ、同時に読者の感情を導いていく。

叶人がついにそれを思い出した時、すなわち真相が明らかになった瞬間、自らの価値観の偏りにどきっとさせられる読者、先入観を揺るがされる読者は、きっと多いに違いない。物事を違った視点からとらえることの大切さを、つい忘れていたことに気付かされ、同時に凝り固まった感情が、ほぐれていくことだろう。

世界はわからないことであふれている。考えても、考えても、どうにも理解できないことばかりで、不安な気持ちでいっぱいになることもあるだろう。わかったふりをして、善と悪、敵と味方を区別することは、不確かな世界に自分の拠りどころを見つけるうえで、非常に簡単な方法だ。

けれども、それは対立するものを増やす行為――すなわち不安の種を抱えつづける生き方でしかないのではないかと、叶人の思考を通じて作品は語りかけてくる。ならば、考え方を少しだけ変えてみてはどうだろうかと、物語は訴えてくるのである。

本書を一読されたあと、間をおかずもう一度冒頭部分に目を通して欲しい。続いて、そのまなざしを、自分が対峙する現実に向けてみて欲しい。その時、あなたが自らの目で見渡す世界は、どんな色をしているだろうか？

――書評ライター

この作品は二〇一三年六月小社より刊行されたものです。

三途《さんず》の川《かわ》で落《おと》しもの

西條《さいじょう》奈《な》加《か》

平成28年12月10日　初版発行

発行人――石原正康
編集人――袖山満一子
発行所――株式会社幻冬舎
〒151-0051東京都渋谷区千駄ヶ谷4-9-7
電話　03(5411)6222(営業)
　　　03(5411)6211(編集)
振替00120-8-767643
印刷・製本―図書印刷株式会社
装丁者――高橋雅之

幻冬舎文庫

ISBN978-4-344-42549-1　C0193　さ-40-1